ERIK

Eriko Nakamura e
Présentatrice pendant
en *prime time* sur F   ....ce d'une
émission sur le sport le plus populaire, le base-ball,
elle est l'une des grandes figures de la télé japonaise.
Elle est également connue pour avoir réalisé le rêve
de beaucoup de ses compatriotes : vivre en France.
Mariée à un Français, mère de trois jeunes enfants,
elle partage depuis dix ans sa vie entre Paris et
Tokyo. Pour le public japonais, elle est devenue une
spécialiste des mœurs françaises, qu'elle décrypte
dans des émissions spéciales, des livres ou des
conférences.

KO NAKAMURA

Eriko Nakamura est une célébrité au Japon. Présentatrice, depuis dix ans, d'émissions de variété sur une chaîne de Fuji TV, présentatrice d'une émission sur le bœuf de Kobe, égérie de la marque de thé vert japonais Itô-en, elle a fait paraître plus de cent ouvrages, pour son seul marché japonais, qui en fait une véritable icône. Elle est, par ailleurs, ambassadeur Bio du département de Miyazaki (sud du Japon) et chroniqueuse culinaire sur une chaîne de musique japonaise (Music On TV). Son mari est le comédien Philippe Harel. En 2014, elle a publié, aux Éditions Le Lys Bleu, son premier roman, *Ma princesse*.

NÂÂÂNDÉ !?

ERIKO NAKAMURA

NÂÂÂNDÉ !?

Les tribulations d'une Japonaise à Paris

NIL

Pocket, une marque d'Univers Poche,
est un éditeur qui s'engage pour la préservation
de son environnement et qui utilise du papier fabriqué
à partir de bois provenant de forêts gérées
de manière responsable.

Le Code de la propriété intellectuelle n'autorisant aux termes de l'article L. 122-5 (2° et 3° a), d'une part, que les « copies ou reproductions strictement réservées à l'usage privé du copiste et non destinées à une utilisation collective » et, d'autre part, que les analyses et les courtes citations dans un but d'exemple ou d'illustration, « toute représentation ou reproduction intégrale ou partielle faite sans le consentement de l'auteur ou de ses ayants droit ou ayants cause est illicite » (art. L. 122-4).
Cette représentation ou reproduction, par quelque procédé que ce soit, constituerait donc une contrefaçon sanctionnée par les articles L. 335-2 et suivants du Code de la propriété intellectuelle.

© NiL éditions, Paris, 2012
ISBN 978-2-266-23354-5

À Charles-san, Natsué, Ferdinand et Takaé

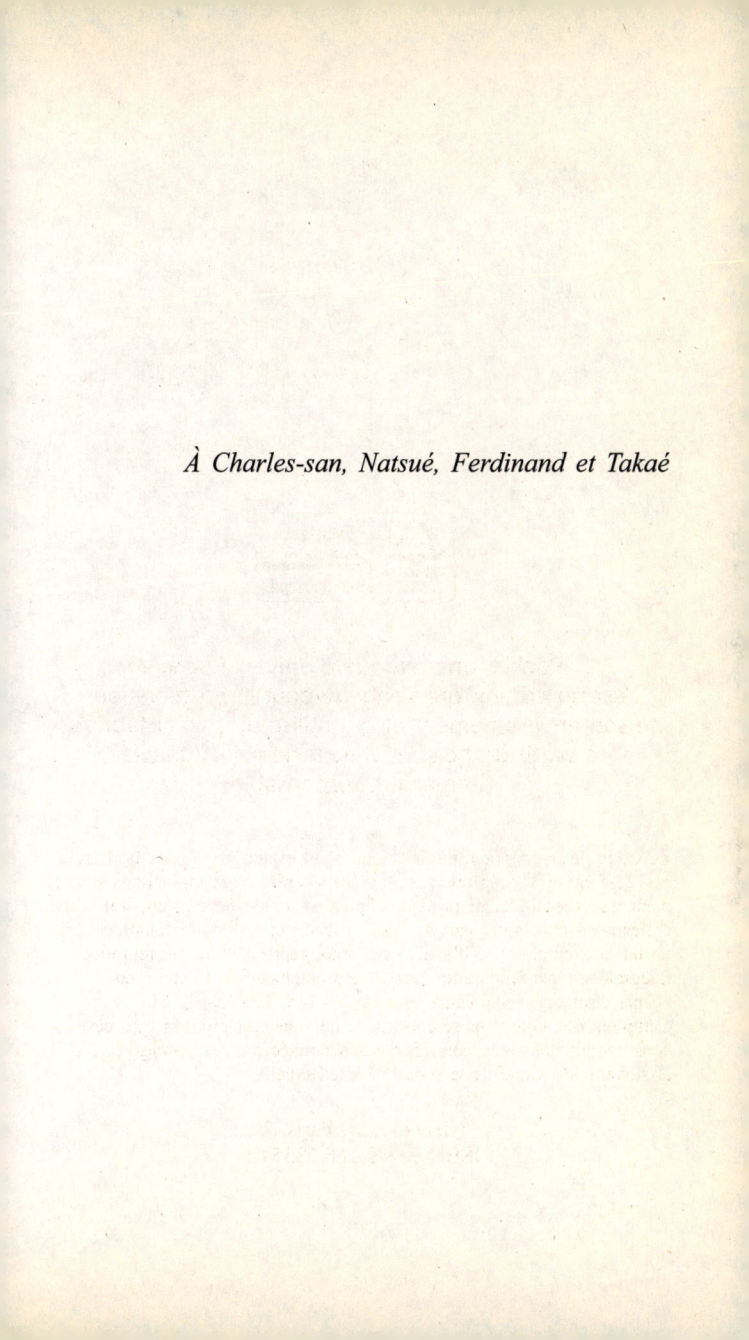

Nâââandé !?

Interjection manifestant la stupéfaction et le trouble face à un acte ou un comportement jugé choquant. Les Japonais utilisent ce mot quand ils sont en état de choc, presque sans voix. La langue française n'a pas d'équivalent pour exprimer ce sentiment violent qui ne peut être traduit que par des expressions comme « Oh ! là, là ! mais que se passe-t-il ? » ou « Oh ! non, c'est pas possible !? »

Prologue

Personne ne fantasme autant sur Paris qu'un Japonais. Et personne n'est plus choqué par Paris qu'un Japonais. Le choc est tellement violent que certains de mes compatriotes tombent malades, une maladie étrange que le professeur Hiroaki Ota, médecin aux urgences psychiatriques de l'hôpital Sainte-Anne, a identifiée comme le « syndrome de Paris ». Il provient du décalage entre le Paris rêvé et le Paris réel et touche principalement des Japonais qui visitent la capitale pour la première fois. Hallucinations, chaleurs intenses, accès de folie, sentiments de persécution : chaque été, une centaine de touristes japonais sont victimes du « syndrome de Paris ». Certains sont même rapatriés d'urgence au Japon avec ce conseil du professeur Ota : « Ne revenez plus jamais à Paris. »

Paris, pour les Japonais, c'est la Ville lumière, la plus belle ville du monde, la capitale du raffinement et du romantisme. Un mélange entre la publicité *Chanel N° 5*, Amélie Poulain et les photos en noir et blanc de Robert Doisneau. En quelques heures, nous passons donc d'un Paris de carte postale aux couleurs sales de Roissy et à la mauvaise humeur d'un chauffeur de taxi. C'est une épreuve dont certains ne se remettent pas. Pour moi aussi, cela a été violent, mais moins que pour beaucoup d'autres, car j'avais la chance d'être souvent sortie du Japon.

Je viens d'une famille très ouverte sans doute en raison du métier que nous exerçons : nous importons des instruments de musique – orgues, violons, violoncelles, harpes. Les Kurata (famille du côté de ma mère) ont été les premiers, dès l'ouverture du Japon au monde extérieur durant l'ère Meiji dans les années 1860, à se lancer dans l'importation de ces instruments occidentaux. Notre magasin de musique est le plus ancien de Tokyo et se situe dans le quartier de Ginza. Dès mes premières années, j'ai toujours beaucoup voyagé. Enfant, j'ai même vécu en Thaïlande qui, jusqu'à l'âge de trente ans, a été ma deuxième patrie. Cela peut paraître anecdotique mais passer une partie de son enfance à l'étranger est rare pour une Japonaise. Cette double appartenance culturelle, cette ouverture à l'autre – à celui qui n'est pas japonais – m'a beaucoup aidée quand je suis arrivée à Paris. Cela ne m'a pas empêchée d'être choquée vingt fois par jour, mais au moins je n'ai pas atterri à Sainte-Anne...

Cela fait maintenant plus de dix ans que je vis ici. Et si je peux dire aujourd'hui que Paris est ma ville, que je m'y reconnais (un peu) c'est évidemment grâce à mon mari : Charles-san. Son vrai prénom est Charles-Édouard mais depuis que nous sommes ensemble je l'appelle Charles-san. Le suffixe *san* signifie *monsieur*, *madame* ou *mademoiselle* : c'est une marque de respect vis-à-vis de la personne à laquelle on s'adresse. En français, on dirait « Monsieur Charles », ce qui amuse beaucoup Charles-san, surtout quand il en fait la traduction auprès de ses amis. Cela lui donne l'impression d'être le chef...

Ma rencontre avec Charles-san est digne d'un film romantique français. L'un de ces films qui donnent aux Japonais une vision idéalisée de Paris et des Parisiens... Nous nous sommes vus pour la première fois en 1997. J'étais alors présentatrice à Fuji TV où j'ai animé un talk-show quotidien le matin qui était assez populaire, des émissions de variétés et même des programmes sur le baseball, le sport le plus populaire du Japon. J'avais donc une certaine notoriété et on me demandait parfois d'animer des soirées privées. C'est en sortant de l'une d'elles, dans l'ascenseur d'un grand hôtel de Tokyo, que j'ai croisé Charles-san. Évidemment, nous ne nous sommes pas parlé mais je l'ai remarqué car il portait un costume rose pâle, et je m'étais demandé qui, à part les « *talentos* », ces amuseurs de la télévision, pouvait porter un costume pareil... Quelques mois plus tard, je suis partie à Paris pour une semaine de vacances. J'y avais un ami japonais qui travaillait dans une maison de couture française chez qui j'avais l'habitude de m'habiller pour mes shows télévisés. Je suis donc allée lui rendre visite et en arrivant dans les bureaux, qui vois-je ? Charles-san, cette fois-ci dans un costume très sobre. Nous avons échangé quelques formules de politesse en anglais, et nous nous sommes séparés, sans échanger nos numéros de téléphone. Contrairement à beaucoup de Japonaises, je n'étais pas dans le fantasme du Français prince charmant.

Mais quelques mois plus tard, alors que je dînais dans un restaurant de Tokyo, j'ai recroisé Charles-san. C'était la première fois de ma vie qu'un homme – un Français en plus – surgissait à intervalles réguliers dans ma vie. Il résidait à Tokyo depuis quelques mois pour son travail et cette fois-ci il n'a pas voulu me laisser repartir sans obtenir mon numéro de téléphone.

Entre-temps, j'avais démissionné de Fuji TV et aspirais à une vie plus tranquille après huit années sous les feux des projecteurs. J'ai recommencé à faire de grandes promenades dans la campagne avec ma famille, j'ai retrouvé le Japon que j'aime et un travail plus tranquille : l'animation de quelques émissions spéciales et de soirées d'entreprise. J'ai aussi pu consacrer plus de temps à Charles-san. Car je venais de rencontrer l'homme qui allait changer ma vie. Un Parisien d'adoption qui allait me faire connaître le vrai Paris...

Nous nous sommes installés en 2000, près de la porte Maillot. Il m'a donc fallu plus de dix ans pour réussir à dire ce que je ressens, pour formuler ce qui ne peut l'être : la stupéfaction. Plusieurs fois par jour j'étais et je reste sans voix face à certains comportements typiquement parisiens. Choquée. Très très choquée. Il n'y a pas de mot français pour dire cela. Vous dites « bouche bée » mais ce qu'un Japonais ressent à Paris est plus fort que cela. C'est un choc. Un choc silencieux mais un choc quand même. Vous n'en revenez pas. Vous pensez : « Oh non ce n'est pas possible, il n'a pas fait ça ! » Dans ces moments-là, c'est toujours un mot japonais qui me vient à l'esprit : « Nââândé !? »

Si j'arrive aujourd'hui à mettre des mots derrière ce « Nââândé !? », c'est sans doute parce que je suis devenue un peu plus parisienne. Ou un peu moins japonaise... Quand quelque chose se passe mal, un Japonais a toujours tendance à penser que cela vient de lui, que c'est sa faute. Un Parisien, au contraire, commencera toujours par accuser l'autre. Mettez donc un Japonais dans un taxi parisien et au bout d'une minute, le Japonais va se sentir coupable de tous les maux ! Les premiers temps à Paris, chaque fois qu'un chauffeur de taxi manifestait sa mauvaise humeur je me disais : « Oh ! là, là, c'est ma faute, je n'ai pas dû bien prononcer le nom de la rue. » Et si une serveuse passait plusieurs fois devant moi en m'ignorant je pensais : « Je suis nulle, j'ai dû faire quelque chose qui ne se fait pas en arrivant dans le restaurant. » Aujourd'hui, j'ai toujours ce réflexe de me dire que c'est ma faute mais j'entends aussi une petite voix me dire : « Eriko, tu n'as peut-être rien fait de mal. Si ça se trouve, c'est juste un comportement parisien. »

Cette petite voix je la dois à tous les Parisiens que je fréquente : Achille, Agnès, Amandine, Amélie, Arnaud, Barbara, Basil, Camille, Cédric, Charles, Christelle, Clarisse, Denis, Élodie, Emmanuel, Éric, François, Gautier, Guillaume, Hélène, Martin, Patrice, Philippe, PE, Quetch, Sophie, Thierry, Stephen, Ursula... qui ont su m'accueillir dans leur cercle d'amis, même si c'était parfois à coups de grandes tapes dans le dos. Pour tous ces repas enfumés où vous étiez tous en train de brailler en mangeant de la viande saignante ; pour tous ces rendez-vous où vous êtes arrivés en retard sans un mot d'excuse, pour toutes les fois où vous vous êtes mouchés bruyamment sous mon nez ; pour tous ces week-ends à la campagne où vous me proposiez de me laver dans une salle de bains gelée à la propreté douteuse ; pour toutes ces cigarettes jetées allumées de notre balcon ; pour tous ces dîners où Gautier a interrompu les conversations pour chanter l'« Aigle noir » avec de grands mouvements des bras, merci.

Ces façons de faire ne cesseront pas de me choquer bien sûr, mais grâce à elles j'ai commencé à comprendre Paris. Et aujourd'hui je suis heureuse de vivre ici. Encore parfois stupéfaite, mais toujours heureuse.

Ce livre est né du désir fou d'atténuer (un peu) le choc de la rencontre entre nos deux cultures. Évidemment, les Parisiens découvriront dans les pages qui suivent que le miroir japonais n'est pas celui qui leur renvoie l'image la plus flatteuse... mais que ceux qui pourraient en être froissés ne s'y trompent pas : j'ai écrit ces tribulations comme une déclaration d'amour à mon pays d'adoption. « Qui aime bien châtie bien » est un dicton typiquement français, non ?

Le dîner en ville

Chaque fois que Charles-san m'annonce qu'il a invité des amis à dîner, je ne peux m'empêcher d'être un peu stressée. Au Japon, il est très rare de recevoir chez soi. Nos appartements sont petits, et puis rentrer dans l'intimité des gens est très délicat. Quand on reçoit, c'est presque toujours avec les enfants : les parents invitent les parents des enfants, en quelque sorte. Et les enfants sont là bien sûr. Du coup, on est moins embarrassés, on se dit que s'il y a du désordre, les invités seront plus indulgents. Mais le but reste de passer un moment agréable entre deux familles. Dans les dîners parisiens, en revanche, on croirait que ce ne sont pas des amis, mais les pires ennemis qu'on a réunis et qui passent leur soirée à polémiquer en criant très fort pendant que les plats refroidissent dans les assiettes...

La première fois que je suis allée dans un dîner en ville avec Charles-san, j'ai insisté pour que nous partions bien en avance pour être sûrs de ne pas être en retard. Nous avons sonné à l'heure exacte, à 21 heures.
« Oh, oh, arriver pile à l'heure, qu'est-ce que vous êtes mal élevés ! » nous a dit notre hôte en ouvrant la porte. Nââândé !? Je voyais bien à son expression que c'était une blague, mais j'étais tout de même un peu perturbée :

qu'avions-nous fait de si impoli ? Dans la chambre où nous déposions nos manteaux, Charles-san m'a expliqué qu'il faut toujours arriver au minimum quinze minutes en retard quand on est invités à dîner. J'ai donc appris qu'être à l'heure était, à Paris, un manque de savoir-vivre. Alors que la maîtresse de maison finissait de disposer les bols de biscuits apéritifs sur la table basse j'avais envie de demander à Charles-san : si vous voulez que les gens arrivent à 21 h 15, pourquoi ne pas le leur demander ? Pour un peuple qui se plaît à revendiquer en permanence son esprit cartésien, tout cela est bien compliqué...

À ce dîner, je pensais que nous serions quatre ou six, mais j'ai vu quatre couples, cinq couples, six couples, sept couples... et je me suis sentie complètement perdue. Avec nos hôtes nous étions seize à prendre l'apéritif. Les gens n'avaient pas vraiment l'air de se connaître et personne ne semblait pressé de passer à table ni se soucier de savoir si cela retardait la maîtresse de maison ou non... J'ai été fascinée du temps consacré à l'apéritif : une heure ! J'étais morte de faim. J'ai regardé ma montre. Nââândé !? 22 heures et nous n'avions pas encore commencé à dîner... Finalement, à 22 h 15, nous sommes passés à table. Par chance, c'était un menu très simple. De toute façon, les gens ne faisaient pas tellement attention à ce qu'ils mangeaient car ils n'arrêtaient pas de parler dans tous les sens et de se couper la parole. Le grand sujet de conversation, y compris chez les femmes, c'était la politique. Au Japon, sauf en période électorale ou de scandale politique, ce n'est pas un sujet qu'on aborde avec ses amis de peur de se fâcher et de mettre une mauvaise ambiance... Ici, ça avait l'air d'être le but recherché : tout le monde s'énervait et s'excitait, ceux qui ne se prononçaient pas étaient sommés de donner leur avis et une fois qu'ils commençaient à énoncer leur opinion, on les coupait avant qu'ils aient eu le temps de finir. Parfois quelqu'un se mettait à parler tout seul sans que personne l'écoute et criait de plus en plus fort pour attirer l'attention des autres. Je me demandais : « Mais pourquoi se comporter ainsi entre amis ? » Cela me paraissait très bizarre. Dans les shows que j'ai présentés à la télévision japonaise, je prenais toujours soin de laisser finir la personne en face de moi avant de poser une nouvelle question. C'est une règle qui s'applique communément en société, et d'autant plus quand on est entre amis, où on prend plaisir à échanger des points de vue. Mais visiblement pas ici. Avec l'alcool, la conversation s'animait au point que j'ai cru que certains allaient en venir aux mains. À minuit, on a commencé le dessert. C'était stupéfiant : on changeait de jour et on était toujours à table ! Puis il y a eu le café et les digestifs servis dans le salon avec encore des conversations dans tous les sens : j'ai cru que ça n'en finirait jamais. C'était mon premier dîner en ville, alors j'ai trompé l'ennui en prenant des photos et j'ai écrit un article pour *Frau*, un magazine féminin très lu au Japon. Les réactions ont été très nombreuses. Les lecteurs étaient très étonnés. On me demandait s'il est exact que les dîners commencent si tard et qu'il faut arriver encore plus tard que l'heure prévue. J'ai répondu que ce dîner n'était pas une exception et beaucoup de lecteurs m'ont alors demandé : « Et ils travaillent le lendemain ? »

Depuis des années, j'essaye donc de fuir les dîners parisiens. Mais après avoir usé de tous les stratagèmes qui permettent de refuser poliment une invitation, il faut bien parfois en accepter quelques-unes. Quand c'est le cas, mes amies japonaises m'envoient ce message : « Gambaté né ! » (Bon courage !) Il m'en a fallu le soir où nous dînions chez les beaux-parents d'un ami, un couple de vieux bourgeois à moitié sourds qui vivaient dans le VIIe arrondissement. Ils avaient réuni une table très « vieille France » : deux écrivains célèbres et leurs épouses qui se détestaient, un critique littéraire de renom, un peintre à la mode avec sa maîtresse qui avait l'âge d'être sa fille et un ambassadeur à la retraite accompagné de sa vieille gouvernante. Bref, ce n'était pas le genre de repas où l'on complote en vue d'une révolution... À ma gauche, il y avait l'ancien diplomate qui s'est contenté pendant toute la soirée de boire comme un trou et de me dire qu'il regrettait que le dernier empereur du Japon, Hirohito, n'ait pas été condamné à mort à la fin de la Seconde Guerre mondiale. À ma droite, il y avait le critique littéraire qui affirmait que « depuis la mort de Céline, la littérature française n'était qu'une mauvaise plaisanterie... » Il a donc passé la soirée à assassiner tous les écrivains français à commencer par les deux qui étaient à notre table. Notre hôte, qui était presque sourd, était entouré des deux femmes d'écrivains qui rivalisaient de piques sur les invités pour retenir son intérêt. Le peintre, lui, essayait d'assurer le spectacle : il buvait énormément, cabotinait et parfois rugissait comme un lion en cage contre le critique littéraire.

Ces dîners sont d'autant plus éprouvants qu'on sent bien que certains invités viennent à reculons, parce qu'ils n'ont pas osé refuser l'invitation de leur hôte, quand ce n'est pas le maître de maison lui-même qui s'est senti obligé de recevoir chez lui... Je me rappelle qu'un collègue de Charles-san avait insisté pendant six mois pour qu'on vienne dîner chez lui et nous avons fini par y aller. Pendant tout le repas, je suis restée très japonaise, c'est-à-dire que je ne parlais pas, j'écoutais très poliment ce que je pouvais comprendre mais j'ai fini par décrocher. Chacun parlait de son travail, de ses soucis, de politique et même de foot... Après ce repas impossible à digérer – ma première raclette – je tombais de sommeil. Nous sommes enfin passés au café et le couple qui nous invitait est allé voir si leur bébé dormait bien. Au bout de quelques instants nous avons entendu distinctement la voix de la maîtresse de maison dans le petit haut-parleur du baby-phone : « Quand est-ce qu'ils se cassent tous ces cons ? J'ai qu'une envie c'est d'aller me coucher... » Je vous laisse imaginer la fin de la soirée...

En rentrant, j'ai demandé à Charles-san pourquoi les Parisiens s'imposaient de telles épreuves. C'est par perversion ? masochisme ? « Pas du tout, m'a-t-il répondu très sérieusement. Assister à un mauvais dîner parisien, c'est comme aller voir un mauvais film français : c'est indispensable ! » Le lendemain, quand nous mangeons notre soupe et nos pâtes, nous pensons que nous sommes les plus heureux du monde.

Le rendez-vous

Pour un rendez-vous au Japon, la première chose à faire est toute simple : c'est d'arriver à l'heure... Quand j'organise mon emploi du temps de la journée, je ne prends pas de rendez-vous trop serrés afin d'éviter les retards. Et si je vois que je vais avoir cinq minutes de retard, je téléphone pour prévenir et présenter mes excuses.

Lors de mes premiers rendez-vous à Paris, alors que je me retrouvais seule à attendre, je me sentais terriblement coupable. Puisque la personne n'est pas là c'est que j'ai dû mal noter, mal comprendre. Alors je vérifie sur mon agenda et, même après avoir vérifié le rendez-vous, je garde un doute qui, au fil des minutes, se transforme en angoisse. Je me dis que la personne a dû avoir un grave accident. Au bout de trente minutes j'imagine le pire... Paralysée par l'inquiétude, je n'ose pas partir et finis par voir arriver la personne, tout sourires : « Ah bonjour, je suis enchantée de vous rencontrer, vous allez bien ? » Pas une explication, pas un mot d'excuse. Trente minutes de retard est donc un léger débordement sur l'horaire mais pas vraiment un retard. Depuis que j'ai compris ça, je prends toujours un livre. Ça m'évite de stresser et ça m'a permis de découvrir des pans entiers de la littérature française !

Pour les rendez-vous professionnels, il y a aussi un savoir-faire très français. Au Japon, vous êtes accueilli par quelqu'un qui vous demande si vous voulez un café ou un verre d'eau et vous propose de vous installer confortablement. On vous reçoit toujours à l'heure, le déroulé de la réunion a été planifié et tout se passe à la minute près. Si on vous dit que vous aurez la parole pour trois minutes à 16 h 54, vous aurez la parole pour trois minutes à 16 h 54 pile. À Paris, il n'y a pas cette dictature de l'horloge. D'abord, on vous donne une heure, mais il est rare que la réunion commence à l'heure dite. Vous pouvez attendre dans un couloir pendant vingt minutes ou une demi-heure sans que personne ne fasse attention à vous ou presque. Ensuite, la plupart des réunions ne sont pas préparées et se terminent généralement sur la nécessité de se revoir lors d'un prochain rendez-vous. Nââândé !? Mais pourquoi ne pas avoir travaillé avant pour tout résoudre cette fois-ci ? Cela me fait penser à ce dessin que Charles-san m'avait découpé dans un journal peu de temps après mon arrivée en France. On y voit des Français en costume très chic réunis autour d'une immense table de réunion et l'un d'eux dit aux autres : « Personne ne sortira de cette pièce tant que nous ne saurons pas pourquoi nous nous sommes réunis ! » Sur le moment cela m'a fait rire, mais je n'avais pas compris à quel point c'était proche de la réalité. Évidemment, les rendez-vous professionnels sont plus détendus à Paris qu'à Tokyo. Mais parfois un peu trop... Je me souviens d'un chef d'entreprise avec qui j'avais eu un entretien très agréable. Comme les choses se passaient bien, et sans doute pour me mettre à l'aise, il m'a reproposé de l'eau. J'ai cru qu'il allait appeler sa secrétaire pour qu'elle m'apporte un autre verre mais non, il a pris la bouteille d'Évian dans laquelle il buvait et m'a reservie. Nââândé !?

Pour travailler en France, mes amies japonaises et moi essayons de passer outre ces comportements pour nous choquants. Mais ce n'est pas facile... Les cartes de visite par exemple. Au Japon, chaque rendez-vous commence par un échange de cartes de visite. C'est un cérémonial immuable qui permet de savoir immédiatement à qui on a affaire. Si vous demandez un rendez-vous à quelqu'un c'est à vous de présenter votre carte en premier puisque vous êtes en position de demandeur. On présente sa carte à deux mains, et on se nomme. Et lorsque l'on reçoit celle de son interlocuteur, on prend le temps de lire son nom, son titre et le nom de son service en tenant sa carte des deux mains. Pour un Japonais, accepter une carte de visite sans la lire équivaut à une offense. Chacun prend donc le temps de lire la carte de son interlocuteur et ce n'est qu'une fois les cartes posées sur la table que les discussions peuvent commencer. Les cartes ne seront rangées qu'à la fin du rendez-vous et bien sûr personne ne s'en sera servi pour prendre des notes... Un jour, j'avais rendez-vous avec un producteur français qui préparait un film sur le Japon. Il cherchait une consultante japonaise. Je viens au rendez-vous et, bien entendu, je donne ma carte de visite. La première chose qu'il fait c'est de la retourner et d'écrire au dos avec un feutre noir la date du rendez-vous et le titre du film. Il me raconte que c'est une grosse production pour une grande chaîne française, m'explique qu'il est amoureux de la culture japonaise et que le réalisateur est un grand connaisseur du Japon, qu'il va se joindre à nous mais qu'il est en retard. Instinctivement, j'ai eu le sentiment que ça commençait mal... Le réalisateur finit par arriver au bout de quarante-cinq minutes et se présente comme dans un western : « Salut, je m'appelle Jacques... » Et Jacques se lance dans un monologue sans queue ni tête avec son lot de clichés sur les samouraïs, les geishas, le mélange de tradition et de modernité... Aucun plan de notre entretien n'avait été établi. Au Japon, chaque rendez-vous est préparé avec un ordre du jour très précis qu'il conviendra de respecter. Là, j'avais le sentiment d'avoir à faire à deux cow-boys faisant leur numéro dans un saloon. À la fin du rendez-vous, le producteur me tend sa carte de visite, tellement grande que j'étais bien dans l'embarras pour la ranger dans mon petit boîtier prévu à cet effet. Le réalisateur, lui, me donne une carte de visite où il rajoute au stylo, dans une écriture illisible, son adresse mail : « Celle qui est là c'est l'ancienne, elle est plus bonne. » J'ai imaginé ce producteur et ce réalisateur dans mon pays et je me suis dit que leur film était mal parti. D'ailleurs, je crois qu'il ne s'est jamais fait.

Le métro

Ne comptez pas sur moi pour critiquer le métro parisien : c'est là que j'ai commencé à aimer les Parisiens ! Ce qui m'a touchée dès mes premiers trajets c'est l'attention portée aux femmes enceintes et aux mères avec des enfants en bas âge. Voir un homme en costume proposer à une nounou de porter sa poussette dans les escaliers est un vrai moment de bonheur. Et aujourd'hui avec mes enfants je constate qu'il y a toujours eu quelqu'un pour me proposer sa place ou pour m'aider à porter ma poussette dans les escaliers – ce qui n'arrive jamais au Japon. Et puis il y a une autre chose formidable dans le métro parisien : les hommes ne pelotent pas systématiquement les fesses et les seins des femmes aux heures de pointe... Un jour, je me suis même retrouvée coincée en sandwich entre trois hommes dans le métro de Tokyo : l'un m'a posé la main sur les fesses, l'autre sur les seins, et le troisième sur l'entrejambe. J'étais tétanisée. Heureusement, une vieille femme a vu leur manège et a commencé à crier, ce qui leur a fait lâcher prise... Bien sûr, mes amies parisiennes me disent qu'il y a des mains baladeuses dans le métro parisien mais on est loin de ce type d'agression, très courant dans le métro de Tokyo, au point que sur certaines lignes, il existe désormais des wagons réservés aux femmes...

Et les musiciens ! Encore une spécificité parisienne qui me ravit... Bien sûr, il y a ceux à qui on a envie de donner de l'argent pour qu'ils arrêtent de nous casser les oreilles, mais il arrive aussi que de bons musiciens se produisent. Et c'est le genre de choses qu'on ne verra jamais dans le *chikatetsu*, le métro de Tokyo. Beaucoup plus moderne que le métro parisien, mais beaucoup plus impersonnel. Les images de Japonais alignés sur les quais du métro ont fait le tour du monde. C'est un des clichés les plus prisés sur le Japon, mais il faut dire que les choses se passent exactement comme cela. Les gens attendent en ligne que les portes du métro s'ouvrent, laissent descendre les passagers en faisant attention de ne pas marcher sur les pieds de quelqu'un, puis montent à leur tour. Ainsi, tous les jours, des millions de Tokyoïtes voyagent serrés les uns contre les autres, selon une chorégraphie bien rodée.

En effet, pouvoir aller à pied au bureau ou à l'école, c'est une chance que nous n'avons pas à Tokyo, où les distances sont tellement grandes que tout le monde est obligé de se déplacer en métro. Et comme 90 % des Japonais y passent entre une et deux heures par jour, tout a été conçu pour apporter aux passagers un confort maximum. Les rames sont toujours d'une propreté extrême. Elles sont équipées de la climatisation, très mauvaise pour le réchauffement climatique mais très bonne pour les nerfs de chacun... De plus, des petits compartiments à bagages sont prévus afin que vous puissiez poser votre sac pour ne pas déranger les autres avec. Pendant les trajets, la plupart des voyageurs dorment, même ceux qui sont debout : le matin, ils finissent leur nuit, le soir, ils la commencent. Comment font-ils pour ne pas rater leur station ? À Tokyo, on connaît l'heure des trains à la minute près et il n'y a quasiment jamais de retard. Chaque voyageur sait donc exactement combien de minutes il peut dormir et programmer le réveil... Ceux qui ne dorment pas sont en général plongés dans un journal, un manga... ou un magazine érotique. Bref, chacun est dans sa bulle en prenant soin de ne pas déranger l'autre... même si les jeunes générations sont moins respectueuses de ces règles. Il y a quelques années, voir quelqu'un manger ou se maquiller dans une rame de métro était impossible. Cela arrive désormais fréquemment. Pour certains, cette évolution marque la perte d'une civilité qui faisait la réputation des habitants de l'archipel. Pour d'autres, c'est le signe d'une nécessaire libération des mœurs dans un pays connu pour ses codes sociaux très rigides. Il n'empêche que face à cette évolution, plusieurs villes ont décidé de réagir. À Yokohama, une « brigade des bonnes manières » a été mise en place. Ses agents, essentiellement des personnes du troisième âge, demandent aux passagers de baisser le volume de leur baladeur ou de ranger leur téléphone portable... Tokyo a lancé la campagne « S'il vous plaît, faites-le à la maison » avec des affiches, placardées dans le métro, qui incitent les usagers à mettre un terme à certaines nouvelles habitudes. Les femmes sont invitées à ne pas se maquiller pendant les trajets, et les hommes à ne pas exercer leur swing de golf dans les rames ou à ne pas avoir de conversations érotiques au téléphone !

À part le maquillage, les Parisiens, eux, ne versent pas dans ce genre d'excentricités. Je suis d'ailleurs frappée de voir que la plupart des passagers ne font rien. Ils ne dorment pas, ne lisent pas, n'écoutent pas de musique : ils attendent la prochaine station en faisant la tête. C'est peut-être pour cela aussi que j'aime les musiciens : pour chasser la tristesse qui se dégage de tous ces visages ! Il est rare de trouver quelqu'un qui sourie gratuitement. Il est vrai que certaines scènes ne contribuent pas à remonter le moral... « Je m'appelle René, je sais que je ne suis pas le premier, j'ai cinquante-sept ans, j'ai perdu mon travail, je suis sans logement. Si quelqu'un veut bien me dépanner d'une petite pièce ou d'un ticket restaurant. » Depuis que je vis à Paris, le nombre de gens qui font la manche dans le métro est devenu tellement important que je suis intimement convaincue que cela assombrit l'humeur des usagers. Et puis il y a aussi souvent des gens qui se mettent à hurler tout seuls. « Sarkozy c'est un nul, je vais le tuer !!! » Moi, je suis complètement effrayée. Mais il y a toujours un passager qui, d'une petite mimique, me fait comprendre que je n'ai pas à m'inquiéter. Tout est normal...

Les courses

Un jour où nous faisions des courses avec Charles-san, dans un supermarché à Tokyo, alors que nous poussions notre Caddie au milieu des rayons, mon mari, qui avait faim, a commencé à ouvrir un des paquets de gâteaux que nous avions pris et à en manger. Nâââândé !? Je lui ai arraché le paquet de gâteaux et, le brandissant bien haut, j'ai couru vers les caisses. « Pourquoi tu cours à la caisse ? On n'a pas fini les courses », s'est étonné Charles-san. Mais il fallait que j'aille payer au plus vite ce paquet de gâteaux pour laver cet affront. Dans ces moments-là, Charles-san pense que les Japonais sont coincés et ma réaction le fait rire. Mais moi je me dis : pourquoi les Français se conduisent au supermarché comme s'ils étaient chez eux ?

Regardez les caissières. En France, elles peuvent discuter entre elles de leurs problèmes personnels ou mâchouiller un chewing-gum en faisant passer vos produits. Et vous devez vous débrouiller seule pour tout ranger dans les sacs le plus vite possible. Au Japon, elles vous rangent vos courses délicatement comme si vous aviez acheté des œufs et du cristal. Le personnel porte des gants et ne touche jamais directement avec les mains les produits frais. Surtout, la personne qui touche les produits n'est jamais la même que celle qui touche l'argent. La propreté passe avant tout. Par exemple, si je casse une bouteille de jus de fruits, dans la minute, un employé se précipite pour nettoyer. S'il y a une pomme ou une orange par terre, elle ne restera pas plus de dix secondes. À Paris, des légumes tombés par terre peuvent faire partie du décor et, lorsqu'une bouteille est cassée, ce sera nettoyé bien sûr, mais rien ne presse finalement. « Elle ne tombera pas plus bas », comme le dit si bien un dicton français !

Pour Charles-san évidemment, ce n'est pas grave et mes réactions outrées le font rire. Mais quelques mois après cet incident, alors que je faisais des courses avec ma fille à Tokyo, je la vois prendre un paquet de bonbons sur un rayon et naturellement l'ouvrir. Il y avait du monde à ce moment-là dans le magasin et toutes les femmes autour d'elle ont crié en chœur : « Non, non, non ! Il ne faut pas faire ça ! » Et ma fille a simplement répondu : « Mais papa fait pareil ! »

Très vite, j'ai donc préféré les petits commerçants aux supermarchés. Mais ça n'a pas été plus simple car le marché à la française n'existe pas dans les grandes villes japonaises. Et je ne savais jamais où était la file d'attente. Est-elle à gauche ou à droite ? Comme le commerçant n'a pas défini de règle, personne ne sait. C'est donc à qui arrivera à retenir l'attention du vendeur en premier. Au Japon, faire la queue, c'est une manière d'exprimer son respect des autres. À Paris, passer devant son voisin, c'est une manière d'affirmer qu'on est plus malin que lui... Et quand on arrive enfin à se faire servir, tout dépend si vous êtes ou non un « habitué ». La première fois que j'ai fait mon marché, je suis revenue chez moi avec des fraises pourries, des poireaux fatigués, des salades fanées... Charles-san a regardé mes courses d'un air dépité et m'a juste dit : « Bon OK, ils t'ont prise pour une touriste. »

Charles-san a tenu à me présenter « ses commerçants ». Et il a évidemment commencé par le plus important : le boucher. « Tu vas voir, il est formidable. Il a les meilleurs produits de Paris, il est consultant à la télé pour les émissions culinaires, et en plus il est hypersympa... », m'expliquait Charles-san sur le chemin. Quand il a poussé la porte vitrée, je l'ai suivi le cœur battant. Une pensée m'a traversé l'esprit : « Suis-je assez bien mise pour rencontrer cette star de la boucherie parisienne ? »

Un moustachu immense trônait derrière le comptoir. Il portait un tablier blanc recouvert de traces de sang. Je l'entendais à peine entamer sa conversation à bâtons rompus avec mon mari car j'étais hypnotisée par le spectacle qui s'offrait à ma vue : une foule d'adorables lapins pendouillaient au bout de crochets gigantesques, une douzaine de petits oiseaux (j'apprendrais plus tard qu'il s'agissait de cailles) gisaient, le bec ouvert, sur un napperon en papier blanc ; à quelques centimètres de là un énorme morceau de viande laissant couler un mince filet de sang (j'apprendrais plus tard qu'il s'agissait d'un gigot). Il y avait aussi des jambons entiers et des fragments de bestioles diverses et variées (j'apprendrais plus tard que certains Français raffolent de pieds, de cervelle d'agneau ou d'oreilles de cochon...). J'ai esquissé un mouvement de recul et me suis retrouvée nez à nez avec le commis courbé en deux sous le poids d'une énorme masse de viande qu'il maintenait à grand-peine en équilibre sur son dos. Devant ma mine déconfite, M. Chamoiseau, le boucher, m'expliqua : « Un cochon ma petite dame. Le mardi, c'est jour de livraison ! »

Charles-san considéra alors que c'était le moment de me

présenter : « Monsieur Chamoiseau, je vous présente mon épouse Eriko. Je lui fais découvrir les bons commerces du quartier et, bien sûr, j'ai commencé par le vôtre. Eriko est japonaise. » « Ah... », répondit M. Chamoiseau en jetant un regard entendu à son commis qui soufflait à présent comme un phoque en se dirigeant vers le camion garé en triple file regorgeant de carcasses... « Notre » boucher se doutait peut-être que la culture japonaise ne me prédisposait pas à apprécier à sa juste valeur le spectacle qu'il m'offrait... Au Japon, les poulets et les coqs sont censés être des messagers des dieux shinto. Quant à la viande, considérée comme impure par le bouddhisme et le shintoïsme, elle a longtemps été taboue. Du coup, aux VIIe et VIIIe siècles, chaque nouvel empereur commençait par publier un édit interdisant la consommation de viande. Pendant la période Edo (1615-1868), les bouchers étaient perçus comme des intouchables, des parias. Leurs boutiques (*kemonoya*), littéralement des « magasins de bêtes », étaient excentrées, le plus souvent situées de l'autre côté d'une rivière. Les mentalités ont évolué à la fin du XIXe siècle quand les Japonais se sont mis à attribuer la réussite économique des Occidentaux à leur régime carné. Le « bol de riz des Lumières » recouvert de fines tranches de viande est devenu le plat à la mode. Mais au XXIe siècle, nous consommons toujours la viande avec modération. Nous n'achetons pas des rôtis de trois kilos le dimanche !

Une question de M. Chamoiseau à Charles-san m'arracha à ma stupeur :

— Je vous mets le cou du poulet, monsieur Barthes, comme d'habitude ?

Charles-san, qui me trouvait particulièrement silencieuse, chercha mon assentiment, en vain.

— Pas cette fois, monsieur Chamoiseau, je vous remercie.

Les grands magasins

Chez Mitsukoshi ou Seibu – les deux grands magasins les plus connus au Japon –, vous êtes toujours accueillie par un sourire et un « *Irashaimassé !* », qui veut dire « Soyez la bienvenue ». Si je regarde un produit avec intérêt, immédiatement un vendeur ou une vendeuse me demande avec élégance si j'ai besoin d'aide. C'est parfois un peu automatique, mais c'est quand même bien agréable. On peut se reposer dans des pièces aménagées quand il fait trop chaud, il y a des espaces réservés aux jeunes mamans qui veulent allaiter, des toilettes dédiées aux enfants, des terrasses surveillées où ils peuvent jouer... Je vais dans les *depato* autant pour faire mes courses que pour passer un moment agréable, en famille ou avec mes enfants.

J'étais donc très excitée de découvrir les grands magasins parisiens, car ils ont une réputation plus forte que les depato japonais. La première fois, pour en profiter au maximum je suis donc arrivée à l'heure de l'ouverture. Le problème, c'est que le magasin était ouvert mais personne n'était prêt. Au rez-de-chaussée, les vendeuses se maquillaient. Au premier étage, elles discutaient entre elles. Au deuxième étage, des employés finissaient le ménage. Au troisième étage, on mettait de l'ordre dans les rayons. Au quatrième, les caisses n'étaient pas encore ouvertes. C'est comme si les grands magasins parisiens avaient besoin d'un temps d'échauffement pour lancer la machine. Rien de tel à Tokyo. Quand le magasin ouvre, tout est prêt, tout est propre et le personnel vous attend : *Irashaimassé !*

L'autre erreur est d'y aller trop tard, quand les vendeuses sont fatiguées, et vous le font sentir. Un soir, j'avais l'impression qu'elles faisaient exprès de m'ignorer. Certaines détournaient le regard quand me j'avançais vers elles, d'autres semblaient très affairées sans que je comprenne à quoi... J'ai fini par me hasarder à attirer leur attention : « Bonjour mesdames... – bonjour... » Je m'attendais à ce que l'on vienne me demander ce que je cherchais. Mais aucune ne se déplaçait. L'une semblait décidée à rester derrière un présentoir de jupes, l'autre s'est mise à replacer d'un air très absorbé quelques flacons de parfum sur le comptoir. Je me suis donc avancée vers celle qui s'occupait des parfums et lui ai demandé si une des robes qui étaient exposées existait dans d'autres coloris. « Tout est là, madame ! » répondit-elle sans sourire ni me regarder. Nââândé !? Me fait-elle payer le fait de l'avoir choisie, comme si j'aurais dû deviner que c'est justement elle la plus fatiguée du magasin ? Je me raisonne en me disant que je n'ai rien fait de mal, et me rends alors à l'étage des sous-vêtements. Comme ce sont les soldes, des grands bacs sont mis en avant avec des promotions. Je commence à fouiller et finis par choisir deux culottes et deux soutiens-gorge. C'est alors que la vendeuse arrive dans mon dos et m'arrache des mains les sous-vêtements : « C'est pas comme ça ! » Je ne comprends pas ce que j'ai fait de mal mais m'excuse et explique à la vendeuse que je n'ai pas dû comprendre ce qui est écrit car je parle mal le français : « C'est pas une raison pour mélanger les marques des culottes et les marques de soutiens-gorge. » Nââândé !? Est-ce comme cela que les grands magasins parisiens assoient leur réputation ?

J'ai envie de partir mais décide tout de même d'aller acheter un plateau pour Charles-san car il a l'habitude de prendre un café en travaillant devant son ordinateur et n'a rien pour poser sa tasse. J'en choisis un très joli en bois peint et demande à la vendeuse de me faire un papier cadeau. Le soir, j'offre le paquet à Charles-san et file aussitôt dans la cuisine, car dans la tradition japonaise il ne faut jamais ouvrir un cadeau devant la personne qui vous l'a offert pour ne pas risquer de laisser transparaître sa déception, si jamais le cadeau ne vous plaît pas. Au bout de dix secondes, j'entends un cri. Je me précipite et je vois des gouttes de sang couler du doigt de Charles-san. « Le plateau est très bien, mon amour, mais il y a des agrafes qui dépassent. »

Le lendemain je retourne donc pour le changer. J'explique la situation à la vendeuse qui me répond du tac au tac : « Le plus simple, madame, c'est de rentrer chez vous et d'enlever l'agrafe avec une pince. » Nââândé !? D'abord, je n'ai pas de pince à la maison. Et puis c'est un objet neuf : il ne doit pas avoir de défaut ! Pas une seule fois, la vendeuse n'a dit qu'elle était désolée, qu'elle allait voir ce qu'elle pouvait faire. Au contraire : elle m'a conseillé d'aller acheter une pince ! Au Japon, au moindre souci, le vendeur se plie en quatre. Quand Charles-san vivait à Tokyo, il travaillait à Ginza, un quartier très chic. Un jour, il va dans un grand magasin tout près de son bureau et achète un CD de Bertrand Burgalat. En rentrant chez lui, il met tout de suite le disque mais il est rayé. Le lendemain, à l'heure du déjeuner, il retourne au magasin pour rapporter le disque. On le lui change immédiatement, sans poser une seule question et le vendeur n'arrête pas de s'excuser. Charles-san finit par être gêné car ce n'est jamais qu'un CD rayé et à ses yeux, l'essentiel est qu'on le lui change. Avant de quitter le magasin, le vendeur lui demande sa carte de visite. Charles-san la donne sans trop comprendre pourquoi et retourne travailler. Deux heures après, le directeur du magasin en personne et son adjoint se présentent à son bureau : ils venaient s'excuser et lui offrir un autre album de ce chanteur en guise de cadeau de dédommagement...

Cela fait quelques années que j'ai arrêté de croire que les grands magasins parisiens surpassaient ou même égalaient nos depato en termes de service. J'ai juste appris qu'il y avait des heures plus ou moins favorables. Mais qu'on s'y fait toujours d'une façon ou d'une autre maltraiter. Pourtant, il y a une chose que la mauvaise humeur des vendeuses ne pourra jamais m'enlever : l'extraordinaire sentiment de liberté que j'éprouve en passant devant les cabines d'essayage. Se déshabiller entre deux portes lorsqu'il n'y a plus de place en cabine, discuter à moitié dévêtue avec une vendeuse : voilà des choses inconcevables au Japon ! Un des plus grands scandales qu'a provoqués Charles-san à Tokyo a été dans un depato où il essayait un pantalon. Évidemment, mon mari qui, en plus d'être français, a passé son enfance sur la Côte d'Azur, n'a pas vraiment la même conception de la pudeur qu'un Japonais. Sans que je m'en aperçoive, il avait ainsi laissé la porte de sa cabine d'essayage ouverte. Je m'en suis rendu compte car tous les Japonais qui passaient devant détournaient subitement la tête et repartaient dans une autre direction comme s'ils avaient vu le diable en personne. Et encore nous étions au rayon hommes ! Si une femme était passée là à ce moment précis, je ne sais pas si elle aurait pu s'en remettre... Dès que j'ai compris, je me suis précipitée pour fermer sa porte, mais Charles-san n'était plus là. Je l'ai retrouvé en plein milieu du rayon, en caleçon, les mains sur les hanches, en train de demander une autre taille à un vendeur horrifié. Dans ces cas-là, la panique est telle que je ne sais plus quoi dire. Les seuls mots qui sortent de ma bouche et que je prononce en boucle sont : « Excusez-le, il est français ! Excusez-le, il est français ! »

Le mariage

Il y a un métier qui existe au Japon et que j'ai souvent exercé, mais qui n'a aucune chance de s'implanter en France : c'est *chikai*, autrement dit maître ou maîtresse de cérémonie pour les mariages. Les mariages japonais sont en effet très codifiés. Ils se déroulent tous à peu près de la même façon : les invités se retrouvent dans une grande salle – généralement dans un hôtel – où auront lieu la cérémonie et la fête. L'ensemble dure entre deux heures trente et trois heures et suit un programme très précis, répété avec les mariés et les familles deux ou trois fois auparavant. Il y a donc en moyenne deux mariages par jour dans chaque salle d'hôtel : de 11 heures à 15 heures et de 17 heures à 21 heures. Nous prévoyons toujours un peu plus large car les invités, après avoir bu, mettent toujours un peu de temps à sortir. Mais le programme, lui, ne dure jamais plus de trois heures. Et tout est minuté. Par exemple à 11 h 48 je dois dire : « Maintenant nous allons écouter le discours de M. Sakata », puis une fois le discours terminé à la minute où il devait se terminer : « Applaudissons ! » Il y a un ordre imposé pour les discours : on commence toujours par le patron du marié, puis c'est au tour des pères des mariés. Les amis des mariés passent en dernier, s'il reste du temps... Après quoi, les cadeaux étant proscrits, tout le monde donne des enveloppes contenant une somme d'argent que les mariés remettent ensuite à une agence spécialisée qui leur organise un voyage de noces tout fait, type deux jours à Paris, deux jours à Venise...

Quand nous préparions notre mariage avec Charles-san, je lui ai donc demandé qui serait notre maître de cérémonie.
— Personne mon amour.
— Mais comment ça va s'organiser alors !?
— Ben, naturellement...
Autant dire que j'étais très très stressée par notre mariage.
Charles-san a pris presque toute l'organisation en main mais je ne pouvais m'empêcher de lui demander comment nous allions faire sans programme ni maître de cérémonie... J'étais d'autant plus stressée qu'entre-temps j'avais découvert le mariage à la française, où les amis des mariés projettent des photos de vacances en faisant des allusions cochonnes et où les parents des mariés, après avoir tapé sur leur verre, se lèvent et font des discours humoristiques qui ne font rire que leur table. Nââândé !? Mais quelle pagaille ! L'idée de faire venir soixante-dix Japonais de Tokyo pour les faire assister à un tel spectacle me terrifiait. Mais Charles-san me rassurait régulièrement, me disant que tout était sous contrôle. Il me disait que je ne devais m'occuper que d'une chose : ma robe. Un soir, je lui ai donc annoncé fièrement que j'avais trouvé un loueur qui avait des modèles qui me correspondaient.
— Un loueur ?
— Oui, c'est une robe qui ne sert qu'une fois. Au Japon, tout le monde loue sa robe de mariée.
— Pas en France, mon amour. Je veux que tu en achètes une.
Finalement, Charles-san a fait mieux : il m'en a fait

confectionner une. Mettre tant d'argent dans une robe qui ne sert qu'une fois... c'est avec ce genre de comportements que les Français entretiennent leur réputation de grands romantiques.

Je me suis donc mariée à l'église de Saint-Paul-de-Vence avec une robe faite pour l'occasion, et puis nous sommes tous allés sur une plage à Antibes où nous avions réservé un restaurant. Il y avait des tentes installées sur le sable. Le plan de table a été un véritable casse-tête car la majorité des invités japonais ne parlait pas français et seulement quelques-uns parlaient anglais, mais nous voulions quand même réussir à mélanger les gens et les nationalités. Sans maître de cérémonie, je ne comprenais pas comment tout cela pouvait bien se passer. Mais Charles-san répondait : « Cela va se passer naturellement. » Il avait raison : tout s'est merveilleusement bien déroulé. Tellement bien qu'il y a quelques mois, pour fêter nos dix ans de mariage, Charles-san a proposé que nous nous remariions. J'ai accepté tout de suite et ai dit à Charles-san que c'était là une tradition française qui me plaisait beaucoup. « En fait, ce n'est pas du tout une tradition, m'a dit Charles-san. Ça ne se fait jamais, je viens juste d'avoir l'idée. – Mais c'est justement ça la tradition française, ai-je répondu à Charles-san : avoir toujours de nouvelles idées romantiques ! » Je ne sais pas si cela se pratique déjà ailleurs, mais le remariage à la Charles-san a un grand avenir devant lui. Nous nous sommes retrouvés dix ans plus tard, dans la même église et sur la même plage avec presque exactement les mêmes invités, mais plein d'enfants en plus. C'était très émouvant, très joyeux. Avec ce remariage, j'ai pu faire ce qu'aucune Française ne fait : porter une seconde fois ma robe de mariée ! Et puis cela m'a permis d'assister à mon mariage en étant moins stressée et donc de profiter du « naturel » à la française. La première fois, quand j'ai vu des invités changer de place avant même la fin du repas, j'ai demandé à Charles-san ce qui n'allait pas. La seconde fois, j'ai moi aussi changé de place plusieurs fois, mes amies japonaises ont fait pareil et elles m'ont toutes dit en repartant qu'elles ne s'étaient jamais autant amusées à un mariage !

Les policiers

Connaissez-vous la différence entre la police française et la police japonaise ? Au Japon, si vous vous faites voler votre sac, vous attendez quinze minutes et la déclaration dure quatre heures. En France, vous attendez quatre heures et votre déclaration dure quinze minutes. J'allais dire : c'est une boutade bien sûr ! Mais en réalité ce n'en est pas vraiment une. La différence entre la police parisienne et tokyoïte est telle que, depuis 2005, certains gardiens de la paix ont été formés pour recevoir les plaintes des Japonais victimes de vol sans provoquer chez eux... un deuxième traumatisme !

Il faut dire que les Japonais sont habitués à une police très à l'écoute, très prévenante. À Tokyo, dans chaque quartier, il y a un cabanon – le *koban* – une sorte de mini-poste de police où se résolvent la plupart des problèmes quotidiens. Les affaires plus importantes et les crimes sont traités au commissariat. Mais pour les Tokyoïtes, la police, c'est d'abord les koban et ses deux pièces : l'une pour les agents, l'autre où se trouve un grand plan détaillé du quartier et qui est réservée aux visiteurs. La principale activité des agents du koban, quand ils ne sont pas en patrouille en voiturette ou en vélo dans le quartier, est d'aiguiller les piétons égarés. Ils reçoivent aussi les plaintes des habitants envers tel ou tel voisin... Et si un soir quelqu'un perd son portefeuille et n'a plus d'argent pour rentrer chez lui, il peut aller dans un koban, expliquer sa situation aux policiers et on lui prêtera une petite somme d'argent pour pouvoir rentrer. En échange, il donnera son identité, son adresse et s'engagera sur l'honneur à venir rembourser dans les quarante-huit heures. Vous imaginez un Parisien entrer dans un commissariat pour demander de l'argent ? Je crois qu'il se ferait arrêter pour outrage !

Notre police n'a pas toujours été parfaite – loin de là. C'est même parce qu'elle a longtemps été un instrument d'oppression qu'elle a été complètement réformée en 1945. Mais depuis, elle est proche des citoyens et fait tout pour se rendre la plus agréable possible. Par exemple, à la fin d'une opération dans un immeuble, les policiers iront dans chaque appartement s'excuser et remercier de leur coopération les résidents. De manière générale, les policiers japonais essaient de discuter le plus possible avant de passer à l'action. D'ailleurs, ils ne portent pas d'arme et depuis quelques années, ce ne sont même plus les policiers qui distribuent les amendes aux voitures mal garées, mais des salariés d'entreprises privées mandatées par l'État. Les fonctionnaires, *okami*, ont ainsi une image très positive. Okami veut dire « être ou entité supérieure », et désigne toute autorité administrative, depuis l'agent de police dans un koban jusqu'au plus haut responsable de l'administration. Ces fonctionnaires sont tous très respectés car ils sont au service des Japonais. Au commissariat mais aussi à la mairie, aux impôts, à la poste, ils s'efforcent toujours d'être aimables et de résoudre votre problème. Et comme il y a moins de formulaires à remplir en permanence... il y a aussi moins de problèmes à résoudre.

Quand je me suis installée en France, j'ai été très étonnée par l'abondance de documents administratifs. Charles-san m'a expliqué que je devais tous les garder précieusement. Pour moi, ces papiers sont très compliqués à remplir – il paraît qu'ils le sont aussi pour les Français... Je demande donc à Keiko, puis à Charles-san, mais les réponses coïncident rarement. Alors quand je tombe à la poste ou aux impôts sur un fonctionnaire qui fait l'effort de bien m'expliquer, je suis... bouleversée. Je ressens exactement la même chose quand un policier prend deux minutes de son temps pour m'indiquer mon chemin. Oui, je sais, demander son chemin à un policier à Paris ne se fait pas, mais je n'arrive pas à me défaire de ce réflexe japonais : j'ai toujours l'impression que les policiers sont là pour m'aider !

La grève

La première fois où j'ai entendu le mot « grève », j'avais dix ans. J'allais partir à l'école et nous avons reçu un coup de fil de la maman de l'un de mes camarades (quand la maîtresse a un message urgent à faire passer, elle appelle deux parents qui à leur tour doivent prévenir deux parents, etc.) nous prévenant que le métro était en grève, et que je devais rester chez moi en attendant des nouvelles. J'étais tout excitée à l'idée de rater l'école. Mais à 7 heures pile, un nouveau coup de fil nous a appris que les grilles du métro venaient d'ouvrir et que le métro fonctionnait normalement. Quelle déception ! Sans le savoir, je rêvais d'une grève à la française, et je venais de découvrir la grève à la japonaise. Le soir, ma mère m'a expliqué que les conducteurs japonais font grève de 5 heures à 7 heures et ensuite, pour montrer qu'ils sont en grève, ils portent un brassard noir. Le principe est de perturber le moins possible les usagers et de ne surtout pas mettre en danger l'entreprise.

En France, je n'ai aucun souvenir de ma première grève, peut-être parce qu'elles font partie du quotidien... La SNCF, Air France, la RATP, EDF, la Sécurité sociale, La Poste, RFI, Radio France, les musées, les infirmières, les médecins, les routiers, les chauffeurs de taxi, les professeurs, les lycéens, les étudiants, les policiers, les avocats, et même les footballeurs font des grèves ! Et à la différence des grévistes japonais qui choisissent les moments qui dérangent le moins les usagers, les grévistes français choisissent eux ceux qui dérangent le plus : les fêtes de fin d'année ou les jours de grands départs... Je crois que c'est avec la grève qu'on mesure le mieux le fossé qui sépare nos deux cultures. À Paris, les grévistes marchent sur la chaussée pour bloquer la circulation et brandissent des drapeaux en essayant de faire le plus de bruit possible. À Tokyo, les grévistes marchent en silence sur une petite partie de la chaussée pour gêner le moins possible la circulation et portent un simple brassard noir. La France est un pays de droit, de revendication, alors que le Japon est un pays de devoir et d'obligation. Au fond, les Japonais ont adopté la célèbre phrase du président Kennedy : « Ne demandez pas ce que votre pays peut faire pour vous mais ce que vous, vous pouvez faire pour lui... »

Du coup, ce qui m'a le plus perturbée au début, ce sont les « grèves préventives », lorsque les syndicats appellent à faire grève pour défendre le service public. Nââândé !? Dans l'esprit japonais, la logique serait au contraire de travailler mieux pour démontrer aux usagers l'importance de ces services !

Cela dit, il y a une chose qui m'amuse avec la grève à la française : sa créativité. Pour ne pas installer une routine, je remarque en effet que les gréviste trouvent régulièrement de nouveaux motifs de grève. Une de mes amies japonaises, pianiste, qui se rend une ou deux fois par an en France pour donner des récitals, vient d'en faire les frais. Lors de sa dernière visite, elle a pris soin de ne pas atterrir à Roissy, car elle avait été traumatisée il y a quelques années par une grève des personnels de l'aéroport qui avait failli lui faire rater son concert. Elle prend donc l'avion jusqu'à Bruxelles et loue une voiture avec chauffeur pour pouvoir se déplacer librement, en espérant qu'il y ait de l'essence et que les raffineries ne fassent pas grève... Mais quand elle est arrivée à Marseille pour son récital, elle apprend que le personnel technique est en grève car un salarié venait d'être licencié pour vol de matériel, et le concert a été annulé !

Je me souviens aussi d'un jour de grève de la RATP où je voulais emmener une amie au musée Picasso. Arrivées en milieu d'après-midi au musée, nous trouvons porte close avec cet écriteau : « Pour cause de grève des transports, le musée fermera ses portes à 15 heures. » Nââânnnnndé !???

Je sais : m'étonner de cela risque de me faire passer pour une égoïste, insensible à la dégradation des conditions de travail des fonctionnaires, mais en fait je réagis juste en Japonaise : chez nous, les dirigeants syndicaux qui inciteraient à une action de grève dans le secteur public peuvent être licenciés ou emprisonnés pour une durée de trois ans !

Le restaurant

À Tokyo, à peine êtes-vous entré dans un café que le personnel vous souhaite « Ohayo Gozaimasu ! », qui veut dire « Bonjour infiniment ! » Dès qu'on est assis, un serveur arrive immédiatement avec un verre d'eau fraîche et un autre « Ohio Goseimas ! » Pour les Japonais, cette politesse est une façon de lutter contre le stress de la vie quotidienne : c'est une institution, un réflexe de survie. En France, tout commence par un « Qu'est-ce que je vous sers ? » et se termine par un rituel que j'ai toujours tendance à considérer comme une agression...

Dès mon arrivée à Paris, Charles-san m'a emmenée dîner chez Lipp. Il voulait absolument que je commence mon initiation par cette adresse typiquement parisienne. C'était un dîner très agréable... jusqu'au moment où j'ai cru qu'un drame était arrivé. Nous venions de commander nos cafés et, lorsque le garçon nous les a apportés, il a posé l'addition sur la table alors que nous n'avions rien demandé. Nâââândé ? ! Au Japon, manger et payer l'addition sont deux moments séparés. Quand vous avez décidé que le repas est fini, vous vous levez et vous allez à la caisse pour payer. Poser l'addition sur la table, pour moi cela voulait dire : « Bon alors, quand est-ce que vous partez ? C'est fini de bavarder, j'ai des clients qui attendent ! » Mais je n'ai rien dit car Charles-san n'avait pas l'air de s'en offusquer : il avait sorti sa carte de crédit et l'avait posée sur l'addition. Je pensais que nous avions fait quelque chose de mal pour être ainsi congédiés mais Charles-san m'a dit : « On reviendra, le service est redevenu bien. »

En fait, il y a un mot que je ne connaissais pas à l'époque, et qui résume bien la manière d'être des Parisiens et notamment des serveurs parisiens : « cavalier. » Un jour, en sortant du musée Carnavalet avec Keiko, nous nous installons à la terrasse du Café Français, place de la Bastille. Un serveur vient vers nous, l'air mauvais :
— Qu'est-ce que je vous sers ?
— Bonjour... Pourrais-je avoir la carte s'il vous plaît, monsieur ?

L'obliger à retourner au bar chercher la carte semble augmenter sa mauvaise humeur. Il la pose sur la table sans un mot et se plante devant moi.
— Alors ?
— Ah oui, excusez-nous. Nous allons prendre un café au lait, un thé et deux verres d'eau s'il vous plaît.

Il revient avec sur son plateau les deux tasses et deux verres d'eau à la propreté douteuse. Il pose brutalement mon café au lait sur la table et, inévitablement, le café déborde et inonde la soucoupe. Nââândé !?
— Vous m'avez bien demandé un café au lait et un thé ?
— Oui c'est ça, mais est-ce que je peux avoir une tasse et une sous-tasse propres ?

Au Japon, même un étudiant travaillant le week-end comme serveur pour payer ses études se serait immédiatement répandu en *Shitsuré Itashimasu* (« pardon » en japonais), aurait immédiatement rapporté la tasse en cuisine pour revenir avec une propre en s'excusant une dernière fois. Au Café Français, comme dans beaucoup de cafés parisiens, le garçon vous fera sentir qu'il a autre chose à faire qu'à céder à ce genre de caprice, et ira éventuellement chercher un chiffon sale pour essuyer la tasse devant vous. Keiko était horrifiée. Je lui ai expliqué le sens du mot « cavalier ». Mais elle ne m'écoutait plus. Elle était trop choquée et voulait partir.

— Combien je vous dois, monsieur ?

— Serge !! Tu as oublié de me donner le ticket ! se met alors à hurler le serveur.

Keiko me demande pourquoi il crie comme ça. Je lui explique que le problème des garçons de café français, c'est qu'ils ressemblent rarement à ceux qu'on voit au cinéma. Dans les films, ils portent toujours des chemises blanches bien repassées, des tabliers noirs propres et des serviettes immaculées sur le bras. Ils arborent un air enchanté et, plateau à la main, évoluent avec élégance et légèreté entre les clients, distribuant un sourire à madame par-ci, un clin d'œil à monsieur par-là... La réalité est à l'exact opposé. Le serveur parisien est cavalier.

Et d'ailleurs, pour les Japonais, tous les Parisiens sont cavaliers. Même quand ils essaient d'être polis. Je me rappelle la première fois où Charles-san est venu prendre le thé dans ma famille. Il faisait tout pour être bien vu, essayait d'être le mieux élevé possible, mais il a quand même choqué ma mère. Voyant que sa tasse était vide, elle lui a proposé un peu plus de thé, et Charles-san a dit : « Non merci ! », avec un petit geste de la main pour exprimer son refus. C'est très choquant pour un Japonais, car Charles-san a exprimé trop fortement son refus. Il a fait comme font les Parisiens quand ils vous disent non : ils vous disent non et en plus ils vous le font sentir !

Je me rappelle ce serveur d'un restaurant très chic et très cher de l'avenue Montaigne. J'étais avec une amie japonaise et nous lui avons demandé une table en terrasse. Il y en avait une trentaine de libres mais il a refusé sans un mot d'explication, et en « montrant son visage ». Cette expression fait toujours rire Charles-san mais c'est exactement ce que font les Français : ils montrent leur visage, on voit leurs sentiments s'exprimer fortement à travers leur expression. La culture japonaise nous apprend justement à ne jamais montrer nos sentiments. Ce serveur, par exemple, ne nous a pas simplement dit non. Son visage nous disait : « Je ne vais certainement pas bloquer une table en terrasse pour deux touristes comme vous. » C'était très choquant. Il nous a demandé de le suivre au premier étage et nous a placées à une table tout au fond, à côté d'un groupe qui parlait fort. Quand je suis rentrée à la maison, j'ai dit à Charles-san que je trouvais ces manières de faire « cavalières » (je venais d'apprendre le mot). « Tu as raison, mon amour, m'a répondu Charles-san, c'est cavalier. Mais la semaine dernière, à Tokyo, je suis allé déjeuner dans mon restaurant de sushis et comme le patron n'était pas là, je n'ai pas été traité comme un habitué et j'ai payé 30 % plus cher ! Ça aussi c'est cavalier ! Au moins, toi, tu as eu la même addition que les clients en terrasse ! »

C'est ainsi. À Tokyo, les restaurants de sushis sont petits et les prix... à la tête du client. Autant dire que ceux qui sont de passage paient le prix fort... Heureusement, il existe à Tokyo d'autres restaurants où l'on peut déjeuner pour moins de 1 000 yens par personne (8 euros) même dans les beaux quartiers. On commande un gros plat à la carte ou un « *set* », autrement dit un petit menu équilibré. On aura toujours droit en début de repas soit à une serviette chaude sortie du four, soit à une serviette froide dans un emballage. On s'en sert pour s'essuyer les mains ou pour se rafraîchir le visage, mais surtout pas, comme certains touristes, pour se moucher ! Dans ces restaurants à la va-vite, on s'installe autour d'une grande table commune plutôt bruyante et on y mange de la cuisine maison. Ceux qui ont plus d'argent peuvent aller dans les restaurants de sushis – les restaurants « japonais » pour les Parisiens. Mais il vaut mieux être un habitué pour ne pas payer trop cher et, comme ces établissements sont petits, vous avez toujours le risque d'attendre sur le trottoir. Cela fonctionne car les Japonais mangent vite et vont peu au restaurant à midi : la plupart des *salarymen* avalent un plat de pâtes à emporter devant leur écran.

Je pense souvent à eux quand je vois les Parisiens déjeuner en terrasse pendant une heure au premier rayon de soleil. Ils ont l'air si peu pressés, si détendus, si heureux que j'ai toujours l'impression qu'ils ont pris leur après-midi !

Le taxi

J'ai toujours aimé prendre le taxi à Tokyo, quelle que soit l'heure du jour ou de la nuit. Il suffit que je lève légèrement la main et en moins de trente secondes une voiture jaune s'arrête devant moi. La porte s'ouvre dans un souffle d'air comprimé, je m'installe confortablement sur la banquette arrière, et avant même que j'aie pu saluer le chauffeur, il me souhaite la bienvenue : *Irashaimassé !* Les chauffeurs japonais conduisent en douceur, leurs gants blancs glissent sur le volant. L'intérieur de leur voiture est toujours d'une propreté irréprochable. Bien sûr, il arrive parfois que les gants ne soient pas aussi immaculés qu'ils devraient l'être, mais vous ne pourrez jamais vous retrouver dans une voiture qui sent la sueur ou le McDo, avec un chauffeur qui téléphone comme si vous n'étiez pas là ! Souvent, il m'arrive même de m'endormir pendant le trajet car je sais qu'arrivée à destination, le chauffeur me réveillera en douceur et sans avoir profité de mon sommeil pour faire un détour... Bref, à Tokyo, une Japonaise se sent dans un taxi comme si elle était dans la voiture de son propre père. Alors qu'à Paris, j'ai toujours l'impression d'entrer dans la maison de quelqu'un... sans y avoir été vraiment invitée.

Un soir, j'allais retrouver Charles-san pour dîner dans un restaurant de l'avenue des Gobelins, à deux pas de la rue Mouffetard, pour fêter la Saint-Valentin. À 20 h 15, je suis sur le trottoir de l'avenue Kléber et je fais de grands gestes plutôt ridicules pour arrêter un taxi. Au bout de dix minutes, un chauffeur s'arrête, et se montre d'emblée plutôt aimable, me demandant si la musique de la radio ne me dérange pas. Il m'annonce qu'il y a des embouteillages, et qu'il vaut donc mieux prendre le périphérique. Je lui réponds bien sûr et n'ose pas lui demander pourquoi, pour accéder au périphérique, il va jusqu'à la porte d'Auteuil alors que la porte Maillot est à deux minutes de chez nous... « Mais après tout, il connaît mieux son métier que moi », me dis-je. Une fois sur le périphérique, on s'arrête net. Un panneau électronique annonce un accident : trente minutes jusqu'à la porte d'Orléans... Le chauffeur commence à devenir nerveux : « Je vais sortir à la prochaine porte et prendre le boulevard des Maréchaux. » Il sort donc du périphérique et nous tombons sur un boulevard des Maréchaux complètement saturé. Le chauffeur me regarde dans le rétroviseur : « À la prochaine porte, je récupère le périph', c'est plus raisonnable. » Je me hasarde : « Mais est-ce qu'il ne vaut pas mieux rentrer dans Paris et passer par l'intérieur ? – Surtout pas ! On va perdre un temps fou ! »

Sur le périphérique, la situation n'a évidemment pas évolué. On avance mètre par mètre jusqu'à une voiture tombée en panne en pleine voie. Et là, soudain, au lieu de la doubler comme les autres conducteurs avant nous, le chauffeur se colle contre son pare-chocs et commence à accélérer. Nâââândé !? La conductrice, interloquée, se retourne et fait de grands gestes, mais le chauffeur lui fait signe que tout va bien. Je me demande si je ne suis pas tombée sur un fou... Mais je suis trop terrorisée pour lui demander ce qui se passe. Ou même dire quoi que ce soit. Le chauffeur pousse la voiture cinq mètres plus loin, puis déboîte et reprend sa route comme si de rien n'était. Je n'en reviens pas. Cela partait d'un bon sentiment : pousser la voiture en panne de cette dame sur le bas-côté pour qu'elle ne dérange pas la circulation. Mais cela a été fait à la parisienne : sans un mot d'explication pour elle comme pour moi et avec un savant mélange d'assurance et de grossièreté. Bref, de façon « cavalière ».

Trente minutes après, on arrive porte d'Italie où je m'attends à ce qu'il sorte et prenne l'avenue d'Italie, qui donne directement sur l'avenue des Gobelins. Mais bizarrement, il continue jusqu'à la porte de Bercy. Quand il se gare enfin devant le restaurant, j'ai vingt minutes de retard et le compteur affiche... 43 euros. J'ose une remarque à la parisienne : « 43 euros, c'est un peu cher pour aller de l'avenue Kléber à l'avenue des Gobelins vous ne trouvez pas ? » Mais sa réponse est encore plus à la parisienne : « C'est ce qu'il y a marqué sur le compteur, madame. Si vous n'avez pas les moyens de vous payer le taxi, faut prendre le métro. »

Au Japon, ce genre de choses ne peut arriver. D'abord, parce que tous les chauffeurs de taxi sont salariés d'une compagnie et leur salaire est fixe, ce qui évite les tentations. Mais surtout, le chauffeur de taxi japonais est là pour que votre trajet se passe le mieux possible, tandis que le chauffeur de taxi parisien semble parfois là pour vous accompagner... dans la mesure où ça ne le dérange pas trop. Un jour, je devais aller près de la Concorde, c'est-dire à vingt minutes à pied de chez moi. Comme il pleuvait, j'ai arrêté un taxi en sortant de la maison. Il a ouvert sa fenêtre et m'a demandé : « Vous allez où ? – À la Concorde –

C'est juste à côté, je ne fais pas de si petites courses. » Il a remonté sa fenêtre et il est parti. Nâââândé !? À Tokyo, un taxi acceptera toujours de vous conduire, même pour cent mètres ! Mais ce jour-là je ne connaissais pas encore la pire habitude des taxis parisiens : la fin de service.

Après notre dîner de la Saint-Valentin avec Charles-san, nous avons cherché longtemps un taxi pour rentrer. Finalement, nous en voyons un arriver sur le boulevard et Charles-san fait de grands gestes pour l'arrêter. Le chauffeur baisse sa vitre et nous demande : « Vous allez où ? – À l'Étoile, répond Charles-san. – Désolé, c'est pas sur mon chemin. » Et il repart. Nâââândé !? « Mais nous ne sommes pas là pour faire du stop », fais-je remarquer à Charles-san. « Je sais, mon amour, mais il rentre dans le 95 et ne veut pas faire de détour. » Dix minutes plus tard, nous arrêtons donc un autre taxi qui refuse de nous conduire car il rentre dans le 93, puis un autre qui va dans le 94. Nâââândé !? La seule chose que j'ai trouvée à dire n'a pas mis Charles-san de très bonne humeur : « Charles-san, tu leur as bien dit que nous allions les payer ? »

La télévision

Les Japonais me font souvent penser aux Anglais : nous avons beaucoup plus de codes sociaux que les Français, nous sommes beaucoup mieux « éduqués », mais nous sommes aussi beaucoup plus déjantés ! La preuve avec notre télévision... Prenez les talentos. Ce genre de personnage n'existe nulle part ailleurs, et cela ne s'explique que par le goût des Japonais pour le comique de répétition. Pour faire rire un Français, il faut faire dix blagues différentes. Pour faire rire un Japonais, il faut faire dix fois la même blague. C'est plus économique, et les télévisions ont compris l'intérêt qu'elles pouvaient en tirer en imposant des invités professionnels chargés de faire rire le public : les talentos, devenus célèbres grâce à des sketchs où ils répètent les mêmes gestes grotesques et les mêmes phrases loufoques. Un jour, Charles-san regardait affligé la prestation de l'un de ces talentos qui déboulait toujours au milieu des émissions vêtu d'un simple slip et se cassait la figure en glissant. Alors une musique démarrait, il se confondait en excuses et enchaînait les tirades délirantes se terminant toutes par « *Sonna no kankei nee !* » (« Je m'en fiche ! ») Comme tout le monde commençait à rire – y compris moi – Charles-san, consterné, m'a alors demandé : « Dis-moi, mon amour, quel est exactement le talent de ce talento ? – Il faut être un peu comique, un peu mannequin, un peu animateur, un peu acteur, mais surtout le plus loufoque possible », ai-je répondu à Charles-san tandis que le public hurlait de rire. Ce gag a duré des mois et il est devenu très populaire. Je n'ai pas osé dire à Charles-san que ce talento était devenu une star nationale dont on pouvait trouver la panoplie complète en magasin ! Je lui ai juste dit que Nagisa Ôshima, l'un des maîtres de la Nouvelle Vague japonaise, a lui aussi longtemps fait le talento dans des émissions. Mais la plupart ont des carrières éphémères comme Razor Ramon HG (Hard Gay), qui parodiait tous les clichés homosexuels, ou Masaki Sumitani dont les mouvements intempestifs du bassin accompagnés de petits cris en avait fait un vrai phénomène, ou encore Katsuyama Moody, devenu célèbre pour interpréter des chansons comiques toujours sur le même air avec les cheveux plaqués à la graisse d'oie.

Cela dit, ce qui étonne le plus les étrangers qui regardent la télévision japonaise ne sont pas les talentos, mais les *batsu game* (« jeux punitifs »). Les ingrédients de ces programmes sont à peu près toujours les mêmes : des candidats prêts à tout, des costumes ridicules, des épreuves physiques insurmontables et des punitions sadiques. Le plus culte des batsu game est « Takeshis's Castle », créé par le célèbre réalisateur Takeshi Kitano. À mi-chemin entre « Intervilles » et « Fort Boyard », il demandait aux candidats d'essayer de prendre le contrôle d'un château défendu par Takeshi Kitano et par ses gardes. Presque aussi culte : « Tunnels no Mina-san no Okagedeshita », une adaptation du jeu vidéo Tetris, où les candidats, vêtus d'une combinaison brillante, étaient répartis en deux équipes dont la mission était de passer – tout en en prenant la forme –, dans le trou d'un mur qui s'avance. S'ils échouaient, ils finissaient dans un bassin rempli d'eau... Il y avait aussi « Le tapis roulant infernal », dont le principe était d'aller le plus loin possible sur un tapis roulant sans tomber. Au fur et à mesure qu'il progressait, le candidat devait s'arrêter pour manger des cookies, et à chaque cookie, la vitesse du tapis roulant augmentait... Mais l'émission qui a le plus stupéfié Charles-san est celle où les candidats étaient tirés sur les fesses par un tracteur sur un terrain recouvert de gravillons... À la fin, leur derrière ressemblait à un steak haché ! Quand Charles-san a découvert ce programme, il m'a regardée d'un air désolé : « Mon amour, les Japonais sont fous. »

En regardant les batsu game, j'avoue que c'est une hypothèse plausible... J'ai donc préféré changer de sujet en lui faisant remarquer que nos publicités sont, elles, très correctes !

Un soir, j'allume la télé et je tombe sur une publicité pour un fromage qui montre une femme à moitié nue mettant un collier de fromage. Nââândé !? Au Japon, quand il y a une publicité pour le fromage, on voit une maman et ses enfants dire : « C'est délicieux maman, je peux en reprendre ? » Évidemment ce n'est pas très créatif, mais la nudité est taboue chez nous : pour ne pas heurter les téléspectateurs, les agences de pub s'interdisent donc de vendre des bonbons, des yaourts ou des voitures en montrant de belles paires de seins. D'ailleurs, je ne crois pas que cela serait efficace car, en voyant ces publicités, tout Japonais se demande quel est le rapport entre des gros seins et de la réglisse ou un déodorant pour homme. Je me souviens d'une publicité française où un couple était dans un lit, sur le point de faire l'amour. La fille dit : « Et si je tombe enceinte ? » Son fiancé lui répond : « Aucun problème, on est dans la banque X ! » Et ils se jettent l'un sur l'autre. Nââândé !? Au Japon, cette pub serait un scandale national !

Le week-end

Quand le week-end arrive, les Parisiens demandent systématiquement à leurs amis : « Qu'est-ce que vous faites ce week-end ? » Au Japon, la question ne se pose même pas. Si l'on ne travaille pas, on reste chez soi en famille. Éventuellement, on va faire du shopping ou du sport mais on ne cherche pas à voir tous ses copains ! Au Japon, le seul moment où un couple sort voir des amis, c'est le dimanche en fin d'après-midi. On se voit entre 17 et 22 heures avec les enfants. Les Parisiens font pareil... mais du vendredi soir au dimanche soir. Quand le week-end arrive Charles-san m'annonce fièrement : « Alors demain on déjeune avec Patrice, Sophie et leurs enfants et on dîne avec Guillaume et Ali. Et puis dimanche on pourrait aller à la campagne chez Achille, qu'est-ce que t'en dis ? » J'en dis qu'on pourrait aussi bien rester chez nous en famille pour se reposer et s'occuper de notre maison. Voilà plus de deux mois, une ampoule a grillé dans notre cuisine. J'ai demandé à Charles-san de la changer une dizaine de fois et chaque fois il me dit : « Ah oui, c'est vrai, je ferai ça ce week-end. » Mais quand le week-end arrive, si nous ne courons d'un ami à l'autre, nous partons à la campagne. Voilà encore une spécialité parisienne : la résidence secondaire... Les Japonais sont peu nombreux à en posséder une et il est exceptionnel qu'on parte pour un week-end à la campagne. La seule fois où nous le faisons c'est lors de la *golden week* au mois de mai, une institution au Japon. Cette semaine qui concentre quatre jours fériés est notre seule vraie semaine de vacances de l'année et tout le monde en profite pour rendre visite à sa famille et visiter le Japon.

On est donc très loin du week-end à la campagne parisien qui se pratique surtout entre amis, qui est rarement culturel et encore plus rarement reposant. Chaque fois, Charles-san me dit toujours que je vais pouvoir me détendre. Mais à partir du moment où la maîtresse de maison fait du rangement ou prépare le repas, je fais tout pour l'aider... Et comme le week-end est consacré à la préparation des repas et aux repas, je ne me repose jamais.

Mon premier week-end à la campagne a été un vrai désastre. D'abord je me suis habillée comme pour tous les week-ends. Mais arrivée dans cette maison en Normandie où sept autres couples avaient été invités, je me suis rendu compte que tout le monde avait mis un pull troué et des vieilles tennis... Nâââandé !? Espèrent-ils ainsi ne pas se faire repérer au village ? Le lendemain matin, nous étions tous en train de prendre le petit déjeuner dehors lorsque je commence à sentir une odeur absolument insoutenable. Mais un des couples invités s'extasiait devant ces odeurs de ferme... Certains d'entre nous étaient dubitatifs ou indisposés, mais personne n'osait démentir. Puisque nous étions à la campagne, cela sentait nécessairement la bonne odeur de ferme... Pourtant, cela sentait vraiment mauvais, et même de plus en plus mauvais à mesure que l'enthousiasme de nos hôtes grandissait. Cela a duré une demi-heure, jusqu'à ce que la maîtresse de maison s'écrie : « Mon Dieu, la fosse septique a débordé... » J'ai alors appris ce qu'était une fosse septique, et qu'il n'y a pas plus parisien que de vanter de façon excessive les mérites de la campagne. J'ai aussi découvert en allant au village l'après-midi, qu'il y avait deux types de Français. Les Parisiens, et les autres. C'est fou comme les gens sont plus gentils dès qu'on s'éloigne de Paris ! Parfois, je me demande si les Parisiens n'aiment pas aller à la campagne pour se prendre quelques petites doses de gentillesse et d'attentions avant de recommencer une semaine...

Les enfants

Les petits Parisiens ne mesurent pas leur chance d'échapper au monde japonais. Les premières années de sa vie, le petit Japonais est élevé dans une grande permissivité. Jusqu'à son entrée en primaire, il ne connaît aucun interdit sévère, car on considère qu'avant de commencer l'école les enfants doivent juste s'amuser. Mais après, c'est autre chose... À six ans, j'ai commencé par passer un concours pour entrer dans une école primaire (*shôgakkô*) prestigieuse. À partir de là, tout devait finir par un avenir prometteur. Je caricature à peine car, au Japon, sortir d'une bonne école maternelle est déjà un premier signe de réussite ! Après il y a les trois années de collège (*chûgakkô*), puis trois années au lycée (*kôkô*) où nous apprenons la vie en commun. Chaque semaine, un groupe d'élèves était chargé de passer la serpillière, d'effacer le tableau, de tenir le journal de classe, de préparer la salle de gymnastique. C'est dans ces années-là que se nouent les amitiés les plus fortes, au risque d'exclure ceux qui n'arrivent pas à se plier à ces règles très strictes. Car au collège comme au lycée, tout est beaucoup plus codifié qu'en France. Tout le monde participe aux manifestations artistiques et culturelles ou encore à la fête du sport (*undôkai*). J'ai porté un uniforme avec une jupe et un blazer (*sailor fuku*) et je suis allée dans une *juku*, une école privée qui propose des cours supplémentaires le soir, le week-end et les vacances, pour faire partie des meilleurs élèves. J'ai pratiqué le basket, le judo, le piano et j'ai été membre d'une chorale. J'ai aussi reçu l'enseignement de la cérémonie du thé et de l'*ikebana*, l'art floral japonais dont les Occidentaux raffolent... Enfin, j'ai passé les concours pour entrer à l'université (*daigaku*) et j'ai été admise dans l'une des plus prestigieuses universités japonaises : Rikkyo. Pendant toutes ces années, je suis très rarement allée dîner chez des amis de mes parents ou à des anniversaires. Je n'avais pas le droit de dire « c'est trop dur » car l'école a toujours raison... Bien sûr, c'est stressant, car chaque élève est soumis à une forte pression et a peu (voire pas) d'occasion d'exprimer sa créativité. Mais cela a un avantage : les enfants apprennent très tôt les bonnes manières et les respectent. Ils restent à leur place quand nous sommes en famille ou entre amis, et ils ne se donnent pas en spectacle. Bien sûr ils peuvent être des petits monstres, mais jamais devant d'autres membres de la famille ou des amis de leurs parents. Dans ces moments-là, ils se tiennent parfaitement car ils savent qu'ils doivent donner une image d'enfants bien élevés... Les petits Parisiens, eux, n'ont pas ce genre de soucis... Ils sont plus spontanés, plus détendus. Parfois même un peu trop...

Charles-san a un couple d'amis, Jean et Stéphanie, qui sont mariés depuis dix ans. Ils ont lu tous les livres de Dolto, sont abonnés à *Psychologies Magazine* et à *Parents*, mais leurs deux garçons de sept et neuf ans leur parlent comme s'ils étaient des copains. « Arrête, ta gueule », a ainsi répondu le plus jeune à son père lors d'un brunch. Marc a fait comme s'il n'avait pas entendu et nous a juste glissé en souriant : « C'est rien, c'est l'âge bête. » Une année nous sommes partis au ski avec eux et nous n'avons pas été déçus... Les grands se réveillaient à 6 h 30, sans doute parce qu'ils trouvaient que c'était une excellente heure pour regarder la télé ou jouer aux jeux vidéo. Le problème, c'est que nous partagions un appartement pas très grand... Mais leurs parents avaient l'air de supporter puisqu'ils se levaient à 8 h 30 et, une fois mise la table du petit déjeuner, nous devions commencer par écouter... les rêves des enfants. Nââândé !? Le soir les enfants refusaient de se coucher et les parents trouvaient ça normal : « Ils sont en vacances... » Quand, enfin, ils acceptaient d'aller dans leur chambre... pour se bagarrer, Marc se précipitait pour leur dire : « Attention, nous ne sommes pas à la maison, ici. Nous avons des voisins ! » Mais c'est au restaurant, un midi, que j'ai vraiment compris l'éducation à la française. À peine assis, les deux garçons se sont mis à taper sur la table en criant : « On a faim ! On a faim ! » Quand les hamburgers frites sont arrivés à table, ils ont hurlé : « Mais elles sont nulles ces frites, elles sont mieux chez McDo et en plus le Coca n'est pas frais ! » Je ne m'attendais pas à ce que leurs parents les giflent, mais je pensais au moins qu'ils allaient les gronder et leur demander de baisser le ton. Au lieu de cela, Marc leur a demandé : « Qu'est-ce que vous voulez comme glace pour le dessert ? »

Donc oui, comparés aux enfants parisiens, les enfants japonais sont très très bien élevés. Le seul problème, c'est que nous n'en faisons plus... Le taux de natalité au Japon est un des plus faibles du monde (1,3 enfant par femme en moyenne contre 2,1 nécessaires pour assurer le renouvellement de la population). Il faut dire que pour les jeunes femmes d'aujourd'hui, qui tiennent à leur liberté, avoir des enfants est quasi impossible. La garde d'enfants par exemple. À Paris, il existe des crèches collectives, des centres de loisirs pour les vacances, des aides pour les nounous, des baby-sitters à des prix abordables. Rien de tel à Tokyo. Il y a très peu de crèches publiques et si vous devez vous organiser seul vous ne pouvez le faire que via des agences qui demandent de 200 à 500 euros de droits d'entrée, plus 100 ou 200 euros d'inscription annuelle et ensuite autour de 20 euros par heure et par enfant ! Et si vous en avez trois, comme moi, vous devez demander une deuxième baby-sitter !! Autant dire que très peu de mères travaillent, au Japon. Et que les femmes qui travaillent ne sont pas pressées de devenir mères. Une grande banque japonaise vient d'ailleurs de conseiller à ses employés de rentrer chez eux plus tôt... pour faire des enfants.

Les boîtes de nuit

Paris by night ? Mais on a l'impression que tout le monde dort la nuit, à Paris ! Presque rien n'est allumé – à part quelques monuments – et il n'y plus grand monde dans la rue alors qu'à Tokyo, la ville est éclairée comme en plein jour et grouille de monde. Tous les immeubles brillent, il y a des néons partout. Cela vient du fait que les bâtiments ne sont pas, comme à Paris, réservés à des habitations ou à des bureaux : on peut avoir une boîte au sous-sol, un resto au premier, un club privé au deuxième, un resto au troisième, un disquaire au quatrième et ainsi de suite. D'où les nombreux écriteaux et néons à la verticale sur les façades... Pour trouver un endroit où sortir il ne faut donc pas se contenter de ce qu'on voit au rez-de-chaussée, mais lever la tête !

À Tokyo, la nuit commence dès 18 heures, à la sortie des bureaux, et elle est vécue comme une libération. Dans les bars, on chahute gentiment en buvant des verres, on bavarde, on s'attarde. Ensuite, les Tokyoïtes choisissent le quartier où ils vont sortir. Roppongi est fréquenté par les touristes ou les résidents étrangers. C'est là que les GI américains allaient s'amuser quand ils étaient en permission et la tradition est restée. Ginza (l'équivalent du quartier des Champs-Élysées) est le plus haut de gamme. Il y a beaucoup de bureaux et donc aussi beaucoup de bars et de restaurants. Il y a aussi Shibuya où les jeunes couples se retrouvent dans les nombreux *love hotels*, et Shinjuku, le quartier des plaisirs, sans doute l'endroit le plus fascinant de Tokyo avec ses restaurants ouverts jusqu'à l'aube, ses boîtes, ses clubs... où tout le monde peut entrer.

Suis-je assez bien habillée, assez bien accompagnée, assez branchée pour ce club ? À Tokyo, personne ne se pose ce genre de questions. Alors qu'à Paris, faire la fête commence toujours par une épreuve, surtout dans les endroits « branchés » : on se retrouve face à un physionomiste ou un agent de sécurité qui joue au dur devant l'entrée. Et quand on arrive à passer la porte, une deuxième épreuve vous attend : le vestiaire. Après avoir attendu et payé 3 euros (le prix d'une consommation dans une boîte branchée à Tokyo), vous découvrez alors que tout le monde n'est pas là pour s'amuser. Les femmes se regardent, s'épient, se jaugent. Les hommes passent leur temps à parler de leur travail et à draguer (voire à draguer en parlant de leur travail). Pas grand monde ne danse. Personne ne chante. Tout le monde se jauge. Nââândé !? N'êtes-vous pas venus ici pour vous amuser ? Un ami de Charles-san m'a raconté qu'à une époque un jeune acteur connu venait tous les soirs au Baron, l'une des boîtes les plus courues de Paris, mais qu'il ne souriait et ne s'amusait jamais : il restait toute la soirée au bar à regarder les gens d'un air blasé, comme s'il voulait montrer à tout le monde à quel point il s'ennuyait ici...

Bref, les nuits parisiennes sont loin du *asobi no seishin*, que l'on peut traduire par « l'esprit du plaisir ». La notion d'*asobi* signifie amusement, disponibilité et elle s'oppose à celle de sérieux, de grave. Les Japonais distinguent en effet clairement le quotidien (le *ke*) et le non-quotidien (le *hare*). Dès qu'ils sortent du bureau, ils sont dans le hare, et c'est pour cela qu'à la nuit tombée, il y a cette énergie communicative. Un soir, Charles-san a retrouvé un ami dans une boîte hyperbranchée de Tokyo en sortant directement du bureau. Ce qui l'a étonné c'est d'abord de pouvoir rentrer sans problème alors qu'il était habillé en salaryman avec costume et cravate. Mais à Tokyo, pas besoin de s'habiller branché pour entrer dans des clubs branchés ! Et ce n'est pas parce que les gens sont habillés en salaryman qu'ils s'amusent moins. Charles-san n'en revenait pas de voir que les gens venaient spontanément vers lui pour discuter, chanter, danser, et tout cela dans une ambiance bon enfant. Bien sûr, la nuit tokyoïte est propice aux excès. Elle l'est même plus que d'autres car les Japonais savent être très tolérants. Quand quelqu'un a trop bu, d'abord il est rare qu'il se mette à hurler, à vouloir se battre ou à vomir comme parfois les Parisiens. Et puis les portiers, les barmen ou les policiers sont là pour l'aider. Dans les quartiers les plus chics comme Ginza, on peut assister chaque soir à des scènes très amusantes pour un touriste, mais très classiques pour un Japonais : des hôtesses élégantes raccompagnent à un taxi des hommes d'affaires ou des hauts fonctionnaires saouls. Parfois, elles s'y mettent à deux ou trois car leur client ne tient plus debout, mais elles le portent toujours en souriant et ne le quittent jamais sans les politesses d'usage : *aligato gozaimasu* (merci beaucoup), *o kioskete* (prenez soin de vous), *matta irashite kudasai* (nous serons heureuses d'avoir votre visite très bientôt).

Le look

Une chose que j'apprécie beaucoup chez les Français, c'est que personne ne veut ressembler à son voisin. C'est pour cela que la mode française est très imaginative. Quand on arrive du Japon, où les femmes ont naturellement tendance à s'habiller toutes de la même façon, une telle liberté, sans souci du qu'en-dira-t-on, est incroyablement rafraîchissante. Quand je lis le *ELLE* français, j'ai l'impression que les séries de mode sont là pour aider la Française à trouver son look. À côté, les magazines féminins japonais ressemblent à des catalogues : ils présentent des « uniformes » pour aller au travail, pour sortir le week-end, pour aller dîner avec son fiancé. Ils proposent des modèles qui vont ensuite être dupliqués à la lettre par des millions de Japonaises dont le but ne sera pas de se distinguer, mais de ressembler aux autres. De la femme du Premier ministre à la femme de ménage, toutes les Japonaises voudront donc le même sac Vuitton. Le succès phénoménal des marques de luxe françaises au Japon vient de là : de notre passion pour l'égalité, pour le conformisme. Aujourd'hui, les différences de revenus s'accroissent et, influence occidentale oblige, les nouvelles générations cherchent de plus en plus à se distinguer. Mais nous venons d'une culture où aucune tête ne doit dépasser.

Au Japon, ce sont donc les adolescents qui font preuve d'excentricité, sans doute en réaction à ce conformisme. Dans les quartiers branchés d'Omotesando ou d'Harajuku vous croisez ainsi des filles et des garçons avec des looks comme vous n'en verrez jamais... même dans une soirée déguisée à Paris. La plupart de ces adolescents pratiquent le *cosplay*, qui consiste à ressembler à son personnage de manga préféré en portant le même costume, en se coiffant comme lui (souvent grâce à une perruque) et en se maquillant comme lui. Le week-end, les rues d'Harakuju sont pleines de ces *cosplayers* qui viennent là pour se retrouver entre amis et comparer leurs looks... Imaginez ces cosplayers à Saint-Germain-des-Prés ou sur les grands boulevards : les Parisiens sortiraient leurs appareils photo aussi vite que des Japonais au Louvre !

Les Japonais, comme les Anglais, sont très tolérants avec ces excentricités vestimentaires. Ils n'y font même pas vraiment attention, car ils savent que les adolescentes trouvent cela *kawaii* (mignon). Le lire ne rend pas bien compte du ton – il faudrait rajouter beaucoup de *i* : « kawaiiiii ! » Elles emploient cette expression qui signifie « comme c'est mignon ! » à tout bout de champ : devant un petit chien, un habit qui leur plaît ou quoi que ce soit d'autre. Les obsédées du « kawaii » sont nombreuses. Elles ont généralement moins de vingt-cinq ans, sont fans de Disney, ont des petites statues de Winnie l'ourson sur leur bureau, des classeurs de la Petite Sirène, s'habillent en minijupe, et se maquillent à outrance. La « kawaii attitude » est un art de vivre : on mange kawaii, on parle kawaii (avec une petite voix haut perchée). Tout est prétexte à avoir une attitude de petite fille maniérée et précieuse. Maintenant que je vis en

France, j'ai tendance à trouver ces comportements régressifs un peu ridicules, voire inquiétants, mais ils restent très prisés au Japon... car les hommes adorent ça. Il faut même avouer que plus ils vieillissent plus ils aiment ça. Du coup, alors que les adolescentes françaises cherchent à se vieillir et à montrer, souvent trop tôt, qu'elles sont des femmes, les adolescentes japonaises jouent le plus longtemps possible aux préadolescentes en faisant croire qu'elles ont un âge mental de douze ans... mais avec un petit côté pervers. Ces lolitas qui n'ont jamais entendu parler de Nabokov ou Stanley Kubrick sont des millions au Japon. Elles s'habillent avec des jupes soignées, des robes à frous-frous, des nœuds et des rubans, et des accessoires, très différents en fonction du style de lolita adopté.

Une amie de ma petite sœur a été lolita et, comme Picasso, elle a eu de nombreuses périodes... Au début, elle était Sweet Lolita, familièrement appelée « Sweet Loli », dont la ligne de conduite est d'être mignonne et très féminine. Ses couleurs fétiches étaient le rose, le blanc, le bleu ciel, bref toujours des couleurs claires ou pastel. Elle portait des serre-tête, des colliers, des ombrelles, des petits sacs et autres objets kawaii. Quelques mois plus tard, suite à une rupture avec un garçon de son école, elle est entrée dans sa période Gothic Lolita. En un mot, c'était l'opposé ! Elle ne portait que des vêtements noirs, son vernis à ongles était noir et la plupart de ses accessoires, noirs comme il se doit, représentaient des têtes de mort... Mais cela n'a duré qu'un temps car elle est ensuite devenue une Wa Lolita, autrement dit une jeune fille qui adore la mode japonaise traditionnelle, à savoir le kimono. Ses grands-parents étaient ravis ! Mais peu de temps après elle est revenue les voir en Fruit Lolita. Comme dans sa période Sweet Loli, elle ne portait que des couleurs claires mais tous ses habits et accessoires avaient des motifs fruités (fraises, cerises, poires, bananes). Ensuite, elle s'est mise à jouer aux jeux vidéo et à passer ses soirées sur Internet. Elle est donc logiquement devenue une Cyber Lolita, inspirée du cyberpunk, avec couleurs fluo (rose, bleu, vert) et rajouts de cheveux. Puis elle a vu un film avec Robert Redford, *L'Homme qui murmurait à l'oreille des chevaux*, et elle est devenue une Country Lolita. Elle collectionnait les accessoires champêtres : panier en osier, petits chapeaux de paille, fleur dans les cheveux. Ensuite, elle a eu sa période Horror Lolita inspirée des mangas d'horreur, qui consiste à s'habiller normalement... mais avec du maquillage qui coule. Là, ses parents ont été partagés : d'un côté cette mode ne coûtait rien ; d'un autre, ils avaient du mal à l'assumer auprès des voisins... Il faut dire que dans le quartier, tout le monde guettait avec impatience ses changements de style... Forcément, cela pousse à la surenchère et pour montrer qu'elle n'avait peur de rien, elle est devenue Punk Lolita en jupe écossaise, chemisiers usés et épingles à nourrice. Et ce n'était plus la peine de lui parler de culture japonaise : elle ne jurait que par l'Angleterre et Sid Vicious... À partir de là, il était logique qu'elle devienne Industrial Lolita, un dérivé du mouvement punk anglais mais en plus poussé, plus trash. Elle sortait avec la manche de son chemisier arraché (quand elle était Punk Lolita, il était seulement décousu), et elle a laissé tomber les jupes pour adopter des pantalons à carreaux en tweed, des chaussettes rayées et des vêtements asymétriques noirs et rouges... Quand elle venait à la maison, j'avais parfois honte de ses tenues. Aujourd'hui, je me dis qu'elle a eu raison de s'amuser, car aujourd'hui elle est comme presque toutes les ex-lolitas : mère au foyer...

La voiture

Parfois, j'ai l'impression que les automobilistes parisiens aimeraient que la France ressemble à l'Arabie Saoudite, où les femmes ont le droit de conduire mais avec des restrictions : seulement les femmes au-delà de trente ans, seulement entre 7 heures et 20 heures et le vendredi entre 12 heures et 20 heures, et seulement avec la permission écrite du « tuteur » (père ou mari) qui doit accompagner la femme quand elle sort de la ville. J'exagère, bien sûr, mais plus je conduis à Paris et plus j'ai l'impression que ce qu'on me reproche le plus, c'est d'être une femme. Enfin pardon... je veux dire une « morue ». Le plus choquant c'est que ce sont souvent des femmes qui me parlent comme cela ! Et encore, je m'estime heureuse car j'ai la précieuse plaque « 75 », chiffre à partir duquel on mesure votre appartenance à la civilisation, ou pas : « Normal qu'il conduise comme un paysan, regarde sa plaque c'est un 47... » Mais le plus fascinant reste les ronds-points, car ce système repose sur toute une série de priorités complexes alors qu'on sent que le Parisien ne rêve que d'une chose : foncer droit devant lui sans regarder sur les côtés. Prenez la place de l'Étoile. Une voiture me double et me fait une queue-de-poisson ; sur la gauche deux motos frôlent ma carrosserie et font elles-mêmes une queue-de-poisson à la voiture qui m'avait doublée ; derrière, une camionnette klaxonne et déboîte rageusement. Nââândé !? Mais comment peut-on inventer un système pareil ? Comme j'habite à côté, je prenais souvent cette place. Aujourd'hui, je suis prête à faire des détours aberrants pour l'éviter. Parmi les autres erreurs de débutant que j'évite désormais : les places devant un passage piéton. Deux fois, j'ai dû aller chercher ma Smart à la fourrière, car une plus grosse voiture l'avait poussée sur le passage piéton pour prendre ma place. Et évidemment j'ai cru qu'on me l'avait volée car, à Tokyo, quand la police vous enlève votre voiture, elle vous laisse un message écrit sur le sol avec l'heure, le numéro d'immatriculation et l'adresse du commissariat où vous pourrez la récupérer. Bref, je commence à prendre mes marques et, pour continuer à progresser, mon amie Keiko m'a expliqué les cinq règles d'or de la conduite « à la parisienne ». Évidemment, je ne pourrai jamais en appliquer une seule, mais je les ai quand même apprises par cœur.

Règle n° 1 : je dois toujours essayer de doubler les autres voitures, par la droite ou par la gauche, l'important c'est d'être devant. Donc, je ne dois pas hésiter à faire des appels de phares car l'automobiliste devant moi va finir par prendre peur et se rabattre sur le côté à toute vitesse pour me dégager la route.

Règle n° 2 : lorsque je suis sur le point de quitter un axe à plusieurs voies et que la voie de sortie est surchargée, ne surtout pas faire la queue comme tout le monde. Je dois rester sur la file de gauche le plus longtemps possible et forcer le passage à la dernière seconde, même si je dois pour cela arracher un rétroviseur ou perdre un clignotant.

Règle n° 3 (elle est un peu plus dangereuse mais le Parisien aime prendre des risques en voiture) : je ne dois jamais m'arrêter à un feu orange, d'ailleurs le feu orange pour le Parisien commence dès que le feu rouge vient de s'allumer.

Règle n° 4 : lorsque je commence mon créneau, je dois donner un grand coup de pare-chocs à la voiture qui est derrière moi. Ensuite, un grand coup de pare-chocs à la voiture de devant. Cette technique, dite du « bulldozer » a évidemment pour objectif de me faire une place plus grande, car tout le monde sait que les places sont rares à Paris...

Règle n° 5 : prendre à la lettre cette citation de Michel Audiard : « Conduire à Paris est une question de vocabulaire. » Dans les embouteillages, je dois donc ouvrir ma fenêtre pour insulter un piéton, un cycliste, un chauffeur de bus, un automobiliste..., bref celui qui passe à proximité. Il paraît que ça fait du bien.

Les trottoirs

Quand nous vivions à Tokyo, Charles-san n'arrêtait pas de dire : « Cette ville est tellement propre qu'on pourrait faire un pique-nique à même le trottoir ! » Sur le moment, je ne comprenais pas ce qui l'impressionnait. Depuis que j'habite Paris, je comprends qu'il était émerveillé par tout ce qu'il ne voyait pas : des chewing-gums, des mégots de cigarette, des papiers gras... Quand il prenait un escalator, Charles-san posait sa main sur la rambarde et, arrivé en haut, il me montrait sa paume triomphalement : « Regarde ! – Mais je ne vois rien ! – Ben justement, c'est ça qui est incroyable : elle n'est pas noire ! » Charles-san, sans le savoir, commençait mon éducation sur la saleté de Paris, d'autant plus incompréhensible pour un Japonais que la propreté de nos villes n'est que la face visible d'une attitude très ancrée dans la culture japonaise : le respect des biens publics.

Au Japon, tous les équipements publics fonctionnent. Tous ! Et vous ne verrez jamais du mobilier urbain détérioré ou taggué. Depuis qu'il est interdit de fumer dans les rues de Tokyo, il n'y a plus, par exemple, de mégots par terre. À intervalles réguliers, les autorités ont en effet disposé des cendriers géants, de la taille d'une poubelle, autour desquels les fumeurs se retrouvent. Et bien sûr, vous ne verrez jamais un mégot par terre dans ces zones fumeurs ! À Tokyo, vous ne verrez pas non plus de papiers gras ou de canette par terre, alors qu'il y a beaucoup moins de poubelles qu'à Paris. Les Tokyoïtes ont simplement pris l'habitude d'avoir toujours sur eux un petit sac plastique dans lequel ils mettent leurs déchets en attendant de tomber sur la (bonne) poubelle – car les Japonais font le tri des ordures, même dans la rue. Cette discipline est naturelle pour un Japonais car un Japonais doit toujours faire... comme les autres Japonais. Au risque de devenir un paria. Si vous êtes le seul à jeter votre mégot, votre papier gras ou votre canette sur un trottoir à Ginza, vous ne serez plus considéré comme un Japonais – le cauchemar nippon par excellence... Par contre, si tout le monde jetait ses papiers par terre en même temps, eh bien là, ce ne serait plus un problème ! C'est d'ailleurs ce qui se passe un jour dans l'année, pour la fête du printemps (*Hanami*). Ce jour-là, les Japonais se rassemblent sous les cerisiers en fleur, dînent en famille, entre amis ou entre collègues et en fin de soirée, ils repartent en laissant tout sur place. C'est la tradition : tout le monde laisse ses déchets par terre et nos parcs se transforment en décharge publique. Mais ce n'est qu'un jour par an. Alors que dans le square situé en face de chez nous à Paris, c'est tous les jours Hanami ! On trouve des épluchures de clémentine, des vieux Kleenex, des journaux abandonnés, des mégots de cigarette... Un jour nous étions avec des amis de Charles-san et leurs enfants dans ce square. Le petit garçon de nos amis mâchait un chewing-gum et quand il n'a plus eu de goût, son père a pris le chewing-gum et l'a jeté hors du square d'une pichenette... Nââândé !? Un autre jour, coincée dans un embouteillage, je vois l'automobiliste de devant ouvrir sa fenêtre, tendre le bras, et déverser l'intégralité de son cendrier sur la route ! Nââândé !?? Mais le pire c'était peut-être cette dame très chic qui promenait son chien dans notre rue. Il a fait sa crotte en plein milieu du trottoir et elle s'apprêtait à reprendre son chemin comme si de rien n'était, quand un couple qui passait l'a arrêtée : « Madame, il faut ramasser ! » Mais sûre de son bon droit, elle ne s'est pas arrêtée, en leur répondant : « Ce n'est pas mon travail, il y a des gens qui sont payés pour ça. » Nââândé !??? À Tokyo, quand ma mère promène son vieux chien dans notre quartier, elle prend une bouteille d'eau pour nettoyer son pipi ! À Paris, elle passerait pour une maniaque mais, au Japon, c'est une attitude tout à fait normale. Tout le monde prend soin des biens publics. Le matin, dans les petites et grandes villes du pays, on voit les habitants passer un coup de balai devant chez eux. Ici, seules les concierges et les commerçants font cela, et encore quand il y a des mégots ou un papier gras juste devant leur porte. Si ces saletés sont deux mètres à côté, vous pouvez parier que personne n'ira les ramasser. Il faudra attendre plusieurs heures le passage d'un balayeur de la mairie de Paris. Parfois je repasse une fois, deux fois devant un papier gras et je finis par le mettre moi-même dans la poubelle car... Nââândé !? n'est-on pas dans la plus belle ville du monde ? Un papier gras sur le trottoir c'est déjà inimaginable. Mais un papier gras sur le parvis de Notre-Dame c'est... ce n'est pas possible. Alors certains Japonais de Paris ont décidé de prendre les choses en main, et ont créé une association qui s'est donné comme mission de nettoyer elle-même les lieux les plus visités par les touristes japonais.

Au début, quand je racontais ça à mes amis français, ils ne savaient pas si je me moquais d'eux ou non. Mais c'est vrai ! L'association s'appelle Green Bird et compte cent cinquante bénévoles qui s'activent vêtus d'un dossard vert et de gants jaunes, avec une pelle et un balai, aux abords de Notre-Dame, du musée d'Orsay, ou de la tour Eiffel. Ces « oiseaux verts », comme ils aiment se définir sur leur site, veulent rendre la ville présentable aux yeux de leurs compatriotes qui découvrent Paris pour la première fois. Je sens bien que cette initiative paraît très bizarre aux Parisiens qui ne comprennent pas que les Japonais de Paris se sentent obligés de décoincer les centaines de mégots encombrant les grilles d'aération. Mais ce que je trouve beau dans cette initiative, c'est que chacun de ces bénévoles sait que le combat pour la propreté de Paris est perdu d'avance et accepte cet éternel recommencement avec philosophie. Au fond, leur action relève uniquement du symbolique... puisque les Parisiens se reposent sur le postulat que Paris est une ville sale, et donc qu'il ne sert pas à grand-chose de faire individuellement des efforts. Il n'y a qu'à les voir marcher dans une crotte de chien et se consoler avec des affirmations pseudo-superstitieuses : « Bah, c'est pas grave, c'est le pied gauche, ça porte bonheur. »

Les toilettes

Avant de commencer ce chapitre, je dois apporter une précision au lecteur français : à Tokyo, il y a des toilettes gratuites et propres un peu partout, des gares aux stations de métro en passant par les salles de spectacle.

Donc, peu de temps après mon installation à Paris, Charles-san m'emmène à l'Élysée-Montmartre assister à un concert. Après la première partie, je préviens Charles-san que je m'absente quelques minutes. Je me dirige vers les toilettes et là, je découvre qu'il y a une queue immense. Nââândé !? N'ont-ils pas prévu assez de toilettes ? Je me mets dans la file et patiente dix minutes dehors, honteuse comme si on m'avait obligée à porter autour du cou une pancarte « J'ai envie de faire pipi ! » Finalement, j'entre dans les toilettes et patiente encore dix minutes à l'intérieur dans un brouhaha incroyable de filles qui entrent, qui sortent, qui claquent les portes et qui se parlent même d'un W.-C. à l'autre ! Quand mon tour arrive enfin, j'entre dans la cabine et... j'ai eu l'impression d'être à Woodstock ou dans un pays du tiers-monde. Impossible d'utiliser ces toilettes. Je retourne voir Charles-san, et lui dis que je n'ai pas pu. « Pas pu quoi ? – Les toilettes. – Ah... Le mieux c'est que tu ailles dans un café à côté, sur le boulevard. »

J'entre donc dans le premier café venu et demande dans mon français hésitant et timide où sont les toilettes. La réponse arrive immédiatement : « Les toilettes sont réservées à la clientèle. » Je commande donc un café et me dirige vers les toilettes. Là, il faut un jeton ou une pièce et comme je n'ai pas de monnaie, je remonte et demande, rouge de honte, un jeton au garçon. Je redescends aux toilettes, je mets le jeton, j'ouvre la porte et Nââândé !? Les toilettes sont bouchées, il y a une odeur à s'évanouir sur place, du papier par terre baignant dans l'urine... Je me souviens très bien que l'endroit où l'on met le papier hygiénique était complètement recouvert de mégots de cigarettes... Très stressée, je remonte les escaliers en courant, paie mon café et sors sur le boulevard. L'envie commence à être un peu plus pressante alors j'accélère le pas vers le café suivant. Tout de suite je commande un nouveau café, et demande un jeton pour les toilettes. « Il n'y a pas de jeton, madame. C'est juste là, en bas de l'escalier – Ah, merci beaucoup. » Je descends les marches avec une boule au ventre comme si je me dirigeais vers le peloton d'exécution... Les toilettes des femmes sont fermées pour cause de travaux. Impossible pour moi d'aller dans les toilettes des hommes. Je remonte donc les larmes au bord des yeux, paie mon café et me retrouve sur le trottoir. Le concert va reprendre. Charles-san va commencer à s'inquiéter. Je sens le stress monter quand, sur la contre-allée, je remarque qu'il y a des toilettes publiques : je me précipite vers elles. Je mets ma petite pièce mais la porte ne s'ouvre pas... Nââândé !??? Finalement, je suis entrée dans un restaurant, j'ai expliqué que j'avais très mal au ventre et le patron m'a laissée aller dans des toilettes qui – enfin ! – étaient dignes d'un pays civilisé... Sauf qu'au bout de deux minutes la lumière s'est éteinte. J'ai cru que tout l'immeuble et peut-être même tout le quartier étaient victimes d'une coupure d'électricité et j'ai commencé à paniquer : « Comment vais-je faire pour sortir ? Je suis coincée ici. » Sans savoir ce que je faisais, je touchai les murs et la porte à la recherche d'un verrou, d'une poignée et sans faire exprès, j'ai appuyé sur l'interrupteur et la lumière s'est rallumée. Depuis, j'ai découvert un système tellement parisien : la minuterie. Au Japon, il n'y aucune minuterie, puisque tout le monde pense à éteindre la lumière en sortant d'une pièce ! Mais à Paris, il est intégré que tout le monde s'en fiche. Et donc on a inventé un système qui fait automatiquement ce que votre sens civique devrait vous faire faire...

Le sens civique s'apprend très tôt au Japon. Dans les écoles, il n'y a pas de femmes ou d'hommes de ménage. Ce sont les élèves eux-mêmes qui s'en chargent. Chaque matin, ils passent le balai dans leur classe (plus tard, ils feront pareil dans les bureaux où il n'y a pas toujours de femme de ménage) et ils nettoient les toilettes une semaine sur deux, en alternance avec une autre classe pour leur apprendre à se responsabiliser. Si une classe se laisse aller la semaine où elle ne nettoie pas les toilettes, elle risque en effet de subir le même laisser-aller de la part de l'autre classe la semaine d'après. Chacun, très jeune, apprend donc à laisser ce lieu impeccable. Cette éducation se prolonge d'ailleurs à la maison. Petite, ma mère me disait par exemple que bien prendre soin des toilettes était une façon de devenir une belle personne. Belle à l'intérieur mais donc aussi belle à l'extérieur. Faire ce que les autres ne veulent pas faire – comme nettoyer les toilettes – est une attitude très valorisée. C'est comme cela que, dès notre plus jeune âge, nous sommes sensibilisés à l'hygiène de ces lieux.

Dans les foyers japonais aussi les toilettes bénéficient d'une attention particulière : en 2004, la moitié des habitations étaient équipées de W.-C. high-tech, soit plus que le nombre de foyers possédant un ordinateur ! Il y a beaucoup de modèles différents mais ceux à douchette-séchage-aspirateur d'odeurs sont les plus recherchés. Les modèles haut de gamme proposent même une petite musique d'ambiance pour masquer les bruits... C'est l'une des hantises des femmes japonaises : être entendues aux toilettes.

Un jour, une amie japonaise en séjour à Paris m'a raconté qu'elle visitait la ville dans un car de touristes. Tout se passait normalement quand au bout d'une heure, le chauffeur a annoncé, catastrophé, que les toilettes étaient fermées car la réserve d'eau était épuisée... Cela venait du fait que les Japonais ont l'habitude d'utiliser des toilettes où la chasse d'eau est un son enregistré qu'on utilise pour masquer ses bruits naturels. Comme il s'agissait de toilettes parisiennes, ils devaient donc tirer constamment la chasse d'eau pour avoir le bruit ! Pour le reste de la journée, ils ont donc dû se contenter des toilettes publiques. Vu l'expression de son visage, j'ai préféré changer de sujet de conversation. Ces toilettes que nos amis parisiens (car j'en ai fait installer à la maison bien sûr) trouvent « sorties d'un roman de science-fiction » étaient réservées aux classes les plus aisées dans les années 90, mais elles sont vite devenues très répandues. Il y a une quinzaine d'années, le pays a d'ailleurs connu un problème de santé publique en raison de la démocratisation de ce nouvel équipement. Beaucoup d'écoles étaient encore équipées de toilettes « à la turque » et les enfants qui avaient chez eux des modèles ultrasophistiqués où vous n'avez besoin de rien faire, oubliaient systématiquement de s'essuyer !

Chaque fois que je me retrouve à Paris dans des toilettes à la turque, je fais un bond de quinze ans dans le passé et repense à cette anecdote. Évidemment, j'essaye au maximum d'éviter les toilettes publiques. Mais quand je suis en promenade, dans un café ou au restaurant avec mes enfants, il me faut bien les accompagner... Je descends toujours l'escalier avec une boule au ventre me demandant ce que je vais trouver. Et le spectacle est presque toujours le même : un endroit très petit, sentant très mauvais, avec du papier par terre mais pas forcément dans le rouleau. Et quand il y en a... Nââândé !? Est-ce vraiment fait pour s'essuyer ? Pour des Japonais, ces feuilles roses sont comme du carton d'emballage. Quand je fais les courses à Paris, je choisis le plus cher et le plus doux, mais il n'est jamais assez doux ! Un jour, un de mes amis japonais en visite à Paris est venu dîner à la maison. Il est arrivé avec un grand paquet qu'il avait dû prendre en cabine car, nous disait-il, « c'était trop fragile pour aller en soute ». Intrigué, Charles-san lui a demandé s'il nous autorisait à faire ce qui ne se fait jamais avec des Japonais : ouvrir le cadeau devant lui. Il a accepté et Charles-san a donc déchiré le carton puis le papier de soie et a découvert à l'intérieur... des rouleaux de papier-toilette ! Je revois encore la tête de Charles-san... Il n'arrivait pas à masquer sa stupéfaction. Notre ami nous a dit qu'il savait comme c'était dur pour un Japonais de se servir du papier-toilette français et donc il a pensé que j'aimerais essayer ce nouveau produit, encore plus doux que ceux que je connaissais. « Ils ont mis cinq ans à le mettre au point », a-t-il expliqué à Charles-san comme pour s'excuser. « Merci pour Eriko, merci beaucoup c'est très gentil. » Charles-san cherchait quelque chose d'autre à dire mais il était trop perturbé. C'était difficile pour lui de comprendre à quel point ce cadeau m'avait fait plaisir.

Le maquillage

Charles-san a vraiment compris qu'il était avec une Japonaise la première fois où nous sommes allés à la plage. Pour lui, la plage est synonyme de corps nus, bronzés, voire même huilés pour bronzer plus vite. Pour une Japonaise, ce n'est pas du tout cela : aller à la plage cela veut dire se préparer à la meilleure protection contre le soleil. Nous étions aux Philippines. Il faisait très chaud, très humide. À peine arrivé sur le sable, Charles-san s'est déshabillé et s'est allongé en plein soleil sur sa serviette. Moi, j'ai fait comme d'habitude. Je me suis mis une crème solaire écran total, puis je me suis enroulée dans ma serviette sous le parasol. J'ai juste sorti une main pour attraper une petite serviette humide que j'avais apportée exprès et je m'apprêtais à me la poser sur le visage quand j'ai croisé le regard de Charles-san... Il était très étonné. Très très étonné : « Fais attention mon amour, tu as un doigt de pied qui dépasse, il risque de bronzer... » Je savais qu'il se moquait, mais j'ai quand même rentré mon doigt de pied sous la serviette. Les Français aiment griller au soleil et revenir marron de vacances, mais les Japonais, et surtout les Japonaises, se doivent, eux, de rester le plus blanc possible. Nous, les femmes, jouons donc constamment à cache-cache avec le soleil grâce à des ombrelles, des casquettes anti-UV, des manchons de protection des avant-bras... Et en plus des accessoires, nous consommons beaucoup de produits cosmétiques *bihaku* (blanchissants) depuis les années 1980. Ceux qui vont régulièrement au Japon auront pu remarquer, autour de l'an 2000, que certaines adolescentes avaient succombé aux charmes de la peau bronzée. Mais ce ne fut qu'une parenthèse vite refermée : notre idéal esthétique reste un teint pâle et blanc. La beauté suprême est symbolisée par la geisha à la blancheur parfaite. Sous l'ère Heian (794-1185), les femmes de la cour cultivaient déjà l'art de conserver la peau blanche – synonyme de pureté, d'hygiène, d'innocence et de coquetterie. Cette mode s'est répandue au sein de la population pendant la période Edo (1603-1867) sous l'influence des acteurs du théâtre kabuki, véritables stars de l'époque, qui se maquillaient avec la poudre *oshiroi* («le blanc»), faite à base de riz gluant, de millet et d'orge. Ce mélange de sophistication et d'épure, sublimé par les geishas de Kyoto avec leur teint pâle, leurs lèvres rouges et leurs sourcils haut perchés sur un petit visage ovale, n'est donc pas qu'un pur fantasme occidental : c'est l'archétype de la beauté japonaise, hérité de siècles de raffinements esthétiques, et qui perdure aujourd'hui.

Une peau sans aucun défaut, claire, unie, sans boutons, sans taches, sans rides est une politesse, et même une obligation. C'est aussi un challenge pour chaque femme japonaise qui essaye dans ce domaine d'atteindre la perfection. Charles-san me dit souvent avec amour qu'il a créé sa ligne de cosmétique «EviDenS de Beauté» pour que je préserve ma beauté. Mais je crois qu'il le pense sincèrement car il a eu l'idée de cette ligne de soin le soir où j'en étais à ma troisième allergie avec une crème de nuit... supposée haut de gamme. Comme toutes les Japonaises, je consacre beaucoup de temps (jamais moins de trente minutes) et d'argent aux produits cosmétiques. Moi, j'ai commencé à me maquiller tard, quand j'ai quitté l'université pour entrer à Fuji TV. Avant vingt-trois ans, je ne me maquillais pas : je mettais juste un peu de rouge à lèvres. C'est très inhabituel pour une Japonaise. Lors du casting pour être animatrice à Fuji TV, j'ai d'abord été remarquée pour cela. C'était la première fois qu'ils voyaient une candidate se présenter non maquillée. Maintenant que je travaille, je me rends compte à quel point cela aurait pu choquer car, au bureau, se maquiller est une forme de politesse, un signe de professionnalisme. À Fuji TV, certaines présentatrices demandaient que toutes les petites imperfections de leur peau soient cachées, et donc que la maquilleuse reconstruise leur visage entièrement pour qu'il soit parfait. Elles passaient une heure trente dans la loge avant chaque prise d'antenne...

Ce qui me plaît chez les Françaises, c'est qu'elles sont beaucoup plus détendues sur ce sujet. Les Parisiennes ne considèrent pas le maquillage comme une peinture et acceptent de montrer leurs défauts. Des femmes de trente ans qui ne se maquillent pas, c'est même assez courant... Quand j'ai commencé à vivre à Paris, j'ai remarqué que les femmes se maquillaient très discrètement. Elles ne cachaient pas leurs grains de beauté ou leurs taches de rousseur et mettaient juste un tout petit peu de rouge à lèvres. Venant d'un monde où le maquillage est très voyant, je trouvais ça très libre, et très joli. Mais cette simplicité m'est apparue beaucoup moins séduisante quand j'ai demandé à l'une de mes amies françaises, une femme très chic, journaliste de mode dans un grand magazine féminin, comment elle faisait pour se démaquiller. « Je passe un coton avec du lait démaquillant et je vais me coucher. Le lendemain matin, je me lave juste le visage à l'eau chaude », m'a-t-elle répondu. Nââândé !? C'est comme si elle m'avait dit : « Le soir je vais sous la douche, je me savonne et je vais au lit sans me rincer. » Une Japonaise, pour se démaquiller, utilise en moyenne cinq produits : un lait démaquillant, un savon doux pour éliminer les dernières traces, une lotion pour hydrater la peau, un sérum, et enfin une crème de nuit. Du coup, le marché cosmétique japonais est immense, le deuxième au monde. On dit même que certaines Japonaises se privent de déjeuner pour s'acheter des produits de soin dans les grands magasins !

Le réveillon

« Vous faites quoi pour le 31 ? » Longtemps, je me suis demandé ce que pouvait bien signifier cette phrase et finalement j'ai compris : elle veut dire « On boit où ? et avec qui ? » À Paris, commencer la nouvelle année à jeun semble impossible, ce qui est très étonnant pour moi car, au Japon, le nouvel an est au contraire une occasion de se reposer, de se retrouver en famille. Les vacances commencent le 27 ou 28 décembre, ce qui laisse quelques jours avant le réveillon pour pratiquer un grand nettoyage appelé « *osoji* » qui fait office de rite de purification de la maison. Quand j'étais petite, on changeait le papier des *shöji* (les portes japonaises), remplaçait les objets abîmés, on aérait les tatamis et tout le monde devait avoir liquidé les affaires en cours et réglé ses dettes avant d'entamer le *omisoka*, le réveillon du 31 décembre. Comme Noël en France, c'est un moment important, où chaque aliment a une signification. Vous, vous avez la bûche, mais il est possible de passer un réveillon sans bûche. Au Japon, il n'est pas possible de passer un réveillon du nouvel an sans manger du *omochi*, cette pâte d'amidon de riz très collante. À force d'être tapée, cette pâte devient comme du chewing-gum. Il faut donc la mastiquer très longtemps avant de l'avaler. Chaque année, il y a d'ailleurs des accidents d'omochi. La plupart du temps ce sont des personnes âgées qui meurent étouffées parce qu'elles n'ont pas assez mastiqué l'omochi. Il y a d'autres plats traditionnels qui varient entre les régions, même si presque tous les Japonais mangent, le soir du réveillon, un *toshiko-soba*, une soupe chaude accompagnée de pâtes. Ces pâtes ne sont pas les mêmes que celles que nous mangeons le reste de l'année. Elles sont appelées « *kake* » (dettes), et symbolisent le fait que nous avons payé toutes nos dettes de l'année. Au Japon, ce réveillon est donc une occasion de se retrouver en famille pour commencer une nouvelle année le plus sereinement possible. Tout le contraire de la Saint-Sylvestre française !

Nos réveillons du nouvel an ne se ressemblent donc pas, selon que nous décidons de le faire à la française ou à la japonaise. Les années « à la française » je dois me séparer de mes enfants (une épreuve), trouver une baby-sitter (une épreuve) et entendre hurler « 10, 9, 8, 7, 6, 5, 4, 3, 2, 1, bonne année ! » avant de me faire embrasser par plein de gens saouls (la plus terrible des trois épreuves). Et les années de réveillon « à la japonaise » je dois me préparer à voir mon Charles-san lire une histoire aux enfants, mettre un semblant d'entrain à préparer un toshiko-soba et me dire d'un ton désolé juste après minuit : « Bon, ben on va aller se coucher... »

Et Noël ? Là encore rien à voir puisque le Noël japonais correspond à votre... Saint-Valentin. Les restaurants, les hôtels et les bars sont envahis de couples. Et surtout de jeunes couples, car fixer un *deto* (un rendez-vous amoureux) ce soir-là a une signification toute particulière : c'est l'occasion de déclarer sa flamme. Pour les couples déjà constitués, c'est l'occasion de donner une nouvelle preuve d'amour et de s'offrir des cadeaux lors d'un dîner romantique. Mais je n'aime pas cette fête des amoureux car elle est, comme la Saint-Valentin, trop commerciale. Et puis Tokyo, pendant les fêtes de Noël, est loin d'avoir la magie de Paris. Je trouve que c'est le meilleur moment de l'année. La ville est illuminée, décorée de façon splendide. Les pères vont acheter avec leurs enfants de vrais sapins de Noël avec cette odeur que j'adore, toutes les vitrines sont décorées et donnent envie d'acheter des cadeaux à tous ceux que l'on aime. Pendant quelques jours, les Parisiens sont joyeux, détendus. Il y en a même qui sourient ! Cela ne dure pas longtemps bien sûr, mais pendant ces quelques jours, Paris est vraiment la plus belle ville du monde.

Le médecin

Depuis dix ans que je vis en France, je préfère me soigner à la maison plutôt que de franchir la porte du médecin. Cette attitude énerve Charles-san mais j'essaye de lui expliquer que ce n'est pas ma faute : pour une Japonaise, aller chez un médecin français est... Pour comprendre il faut que je vous dise comment cela se passe à Tokyo.

D'abord les médecins exercent tous dans des petites cliniques très confortables où vous êtes accueillis et pris en charge par des infirmières très attentionnées. Tout le monde attend son tour calmement, et le médecin vous reçoit en général à l'heure. Il vous examine sans se presser, prend soin de vous rassurer sur votre état et vous repartez avec vos médicaments emballés dans un petit paquet que son assistante fait devant vous.

Quand j'ai eu ma première grippe en France, je m'attendais donc à peu près à la même chose, le chic parisien en plus. Tellement chic d'ailleurs que je n'ai pas réussi à obtenir de rendez-vous tout de suite. La secrétaire du médecin qui m'avait été recommandé m'a proposé un rendez-vous trois jours plus tard. Nââândé !? Mais dans trois jours, j'espère bien être guérie ! Finalement, en regardant dans l'annuaire, j'ai fini par en trouver un qui recevait le matin sans rendez-vous. Je me suis donc retrouvée en bas d'un immeuble d'habitation. J'ai cru m'être trompée d'adresse mais non, il y avait une plaque sur la façade avec le nom du médecin. Dès la cage d'escalier, inquiétante d'humidité, j'aurais dû faire demi-tour. Mais j'ai continué jusqu'à la porte du cabinet sur laquelle était fixé un panneau : « Sonnez et entrez. » Donc je sonne, j'entre. Il n'y a personne pour m'accueillir, et j'ai l'impression d'être chez quelqu'un. Je pousse une porte sur laquelle est marquée « Salle d'attente » et je me retrouve dans une petite pièce qui sent le renfermé avec deux personnes. Je les salue mais ils me répondent à peine alors je fais comme eux, je m'assois et prends l'un des magazines froissés qui traînent sur la table basse. C'est donc ça la salle d'attente d'un médecin parisien... Le magazine date d'il y a six mois mais je n'ai rien d'autre à faire que de le lire de la première à la dernière page. J'étais à peu près aux deux tiers quand le médecin est venu me chercher.

C'était un monsieur très mal habillé d'une soixantaine d'années. Il s'est mis devant moi et m'a dit :
— À nous.
Nââândé !? Mais comment peut-il me parler comme cela alors que je ne l'ai jamais vu ! Il m'a fait entrer dans une pièce qui ressemblait à une bibliothèque avec un grand bureau, plein de dossiers posés par terre et, dans un angle, une table d'examen. Il a pris mon nom, mon adresse, m'a demandé pourquoi je venais le voir et s'est levé.
— Enlevez votre chemisier.
Nââândé !???
— Mais excusez-moi, je crois que j'ai une angine. J'ai mal à la gorge...
— Justement, c'est ce que je vais vérifier.

Au Japon, si un médecin ordonne à une femme de se déshabiller devant lui sans témoins, cela deviendrait dès le lendemain un fait divers à la une des journaux. Et on apprendrait sans doute le surlendemain le suicide de la patiente et du médecin ! Car tout est fait, chez le médecin comme ailleurs, pour respecter notre intimité. Un médecin ne vous reçoit jamais seul. Il y a toujours une infirmière qui vous accueille et vous conduit derrière un paravent où vous passez un *yukata* (un peignoir en coton). Rien ne se fait sans ce vêtement léger – y compris les massages ! Chez le gynécologue, les attentions sont redoublées : une infirmière vous emmène derrière un paravent où elle ne vous propose pas un yukata mais une serviette. Elle vous installe ensuite dans un fauteuil automatisé qui se soulève et écarte vos jambes très lentement et délicatement. Quand l'auscultation commence, l'infirmière place un rideau entre vous et le médecin, qui ne sera retiré qu'à la fin de l'examen. C'est à tout cela que je pense tandis que, rouge de honte, le chemisier ouvert, je laisse le médecin m'ausculter avec son stéthoscope. Son téléphone sonne et sans me prévenir il arrête son examen et va répondre. « Oui... oui... et il a la diarrhée ? Bon... Faut que je le voie de toute façon. Passez au cabinet, je vous trouverai une place entre deux rendez-vous. »

Finalement, il revient vers moi et, sans un mot d'excuse, reprend son examen.

— Bon c'est pas bien méchant. Vous pouvez vous rhabiller.
— C'est une angine ?
— Si vous voulez, on peut appeler ça comme ça.

Je n'ai pas eu plus d'explications. Pendant que je reboutonnais mon chemisier, il a gribouillé une ordonnance qu'il m'a tendue avec ces mots : « 30 euros. » Nââândé !? Il ne peut même pas dire « madame » ou « s'il vous plaît » ? Je lui ai donc donné 30 euros et suis partie, tremblante, bien décidée à ne plus jamais revenir chez un médecin parisien. Mais arrivée à la pharmacie, je me suis rendu compte que l'ordonnance était illisible. Je n'avais qu'une angoisse : que la pharmacienne me demande de retourner chez le médecin. Heureusement, elle semblait habituée : sans rien me dire, la feuille à la main, elle a commencé à empiler les boîtes de médicaments sur le comptoir. Nââândé !? Mais pourquoi m'en donne-t-elle autant ? En rentrant à la maison, j'ai découvert que pour prendre un traitement antibiotique de six jours, soit douze comprimés, la pharmacienne m'a donné... deux boîtes de dix ! Au Japon, on vous donne le nombre exact de médicaments, pas une gélule de plus. C'est moins grandiose, mais plus économique !

Le soir, j'étais encore choquée et j'ai appelé l'une de mes amies françaises pour lui raconter ma mésaventure. Elle m'a arrêtée au début de mon histoire : « Mais il ne faut jamais aller voir un médecin trouvé dans l'annuaire ! » Je lui ai expliqué qu'au Japon, tous les médecins exercent de la même façon, qu'on habite à Tokyo ou dans une petite ville de province. « Au Japon peut-être, mais ici il vaut mieux être recommandé. » Je l'ai remerciée en me disant que tout à Paris était question de relations. Même pour soigner un mal de gorge !

Quelques semaines plus tard, je suis retombée malade et, suivant le conseil de mon amie, j'ai appelé son médecin généraliste. La secrétaire, charmante, m'a fixé un rendez-vous et juste avant qu'elle ne raccroche j'ai pris mon courage à deux mains :

— Excusez-moi, mademoiselle, je peux vous poser une question ?

— Bien sûr, madame.
— Est-ce que je peux venir avec mon pyjama ?
— Je vous demande pardon ?
— C'est pour le cas où je devrais me déshabiller...
La secrétaire est alors partie dans un grand éclat de rire.
— Très amusant votre canular, mais j'ai du travail, madame.
Et elle m'a raccroché au nez.
Nââândé !???

L'hôtel

À Tokyo, il y a des hôtels pour tous les goûts et toutes les bourses, mais il y a une chose commune à tous ces établissements : la délicatesse du personnel. Les touristes aiment beaucoup les auberges traditionnelles qu'on nomme les « *ryokan* », où l'on retrouve le « Japon éternel » mais il y en a de moins en moins car, elles exigent beaucoup de personnel et sont très chères. L'autre grande curiosité japonaise en matière d'hôtellerie, et qui n'est pas près de disparaître car elle est très prisée des Tokyoïtes, est le love hotel, réservé aux couples légitimes ou non qui se retrouvent pour passer quelques heures ou la nuit. Dans ces établissements, le personnel est limité pour ne pas gêner les usagers, et les entrées et les sorties sont différentes pour ne pas tomber sur son patron, un collègue, un ami... Quand on vient en voiture et qu'on utilise le parking, il y a même un employé qui vous propose de mettre un cache sur les plaques d'immatriculation afin que personne ne puisse vous identifier et surtout pas votre épouse... Ce type d'attention n'est pas propre aux love hotels. Quel que soit l'établissement dans lequel vous résidez, on fera tout pour rendre votre séjour agréable, dès votre arrivée au parking souterrain de l'hôtel – le *chuushajou* – où une place vous aura été réservée. A-t-on fait bon voyage ? A-t-on trouvé le parking facilement ? Le garçon d'étage peut-il prendre nos valises ? Ces attentions ne sont pas réservées aux clients des palaces. Le personnel des petits hôtels sera tout aussi poli.

En réservant la première fois une nuit d'hôtel dans la ville la plus romantique du monde, j'avais ainsi l'impression de frapper à la porte du paradis : celui du raffinement à la française. J'avais choisi un de ces hôtels que nous qualifions en japonais de « kawaii », mignon. Une amie m'avait dit que cet hôtel une étoile était adorable, attachant, pas cher et merveilleusement situé à deux pas de Notre-Dame. « Installé dans une vieille maison avec ses recoins, ses poutres et ses colombages, c'est un établissement très "Quartier latin" avec ses pierres apparentes qui donnent une atmosphère conviviale et très particulière », pouvait-on lire sur le site. On y parlait même anglais, allemand, espagnol et italien, pas encore japonais certes, mais que demander de plus pour un premier séjour à Paris ?

J'arrive donc de l'aéroport, impatiente de découvrir ce cadre et cette ambiance typiquement rive gauche. Mais lorsque je franchis la porte d'entrée, l'employé de la réception ne me prête aucune attention. Il discute au téléphone en gardant l'œil fixé sur la télévision qui retransmet un match de foot. Une fois qu'il a raccroché, il m'accorde un coup d'œil puis se retourne vers la télévision. J'ose un timide :

— Bonjour, monsieur, excusez-moi beaucoup.
— Oui ?
— Je suis mademoiselle Eriko Nakamura, j'ai réservé une chambre pour une semaine depuis Tokyo.
— Vous avez la confirmation écrite ?
— Ah... Je suis vraiment désolée mais j'ai oublié d'imprimer ma confirmation...

— C'est embêtant ça, très embêtant, je ne sais pas comment on va faire...

— Mon nom est inscrit sur votre fichier peut-être ?

— On a un problème d'ordinateur depuis deux jours. Bon... le mieux est que vous attendiez dans le hall que le directeur arrive...

— Ah d'accord. Vers quelle heure il arrive ?

— J'sais pas trop, peut-être vers 10 heures s'il n'y a pas trop d'embouteillages...

Il est 6 h 30 du matin, j'ai voyagé toute la nuit sans vraiment fermer l'œil, autant dire que je suis très fatiguée. Et je me retrouve assise dans ce petit hall joliment décoré face à un employé captivé par le football. Moi qui me réjouissais de prendre un bon café au lait et des croissants dans une salle à manger fleurie... Réalisant que je suis tout près du Café de Flore, je me dis que je vais aller prendre un petit déjeuner et faire mes premiers pas dans « Paris qui s'éveille »...

— Excusez-moi, monsieur, est-ce que je peux vous laisser ma valise jusqu'à 9 h 30 ? Je vais aller me promener un peu...

— Ah mais c'est pas possible, vous n'êtes pas cliente de l'hôtel, j'peux pas prendre une telle responsabilité...

— Ah d'accord, mais j'ai fait la réservation !

— C'est possible, mais faut attendre le directeur... C'est lui qui décidera s'il y a une chambre de disponible pour vous...

Je suis très inquiète. Et si je n'avais pas bien fait la réservation ? Et si le directeur décidait que je ne peux pas dormir ici ? Où irai-je en plein mois d'août à Paris alors que tous les hôtels sont pleins ? Je m'assieds dans un coin du hall et attends le directeur. Quand il arrive enfin, il est 9 h 45. Je suis tellement épuisée que j'en arrive même à me dire que j'ai de la chance qu'il n'y ait pas trop d'embouteillages ce matin dans Paris... Je me lève pour aller lui parler mais décide de me rasseoir car il a l'air survolté, et parle au réceptionniste comme un policier à un voleur.

— Alors, cet ordinateur, tu as réussi à le faire marcher ? Deux jours qu'il est en panne et personne pour arranger le coup...

— J'ai pas voulu trop insister, je ne suis pas fort en informatique...

— Bref, tu n'as rien fait. C'est à qui cette grosse valise ?

— Ah oui, justement, je voulais vous en parler, y a un problème, y a une dame dans le hall, elle a pas sa confirmation. Donc je n'ai pas pu lui donner de chambre...

Je revois encore le directeur marquer un temps d'arrêt et se passer la main sur le front, comme s'il voulait être sûr que son cerveau enregistre bien la réalité.

— Tu te fous de moi ? T'as envie que je fasse faillite ? Tu veux te retrouver au chômage ? Tu trouves que tu bosses trop, tu penses que tu trouveras mieux ailleurs ? Mais qui va vouloir de toi ? Tu ne pouvais pas me téléphoner ?

— J'ai pas osé, il était 6 heures du matin quand la dame est arrivée...

Je préfère ne pas répéter ce que le directeur de l'hôtel a dit au réceptionniste. Après plusieurs interminables minutes de rage, le directeur vient enfin me voir, toujours aussi surexcité.

— Bonjour madame, je vais arranger ça, ne vous inquiétez pas, votre chambre vous attend... C'est une regrettable erreur, mon employé est un... Bref. Ah oui, je veux aussi vous dire que l'ascenseur est en panne. Des touristes anglais qui avaient trop bu se sont battus à l'intérieur. Ça a tout déréglé, le mécanisme s'est bloqué. J'ai été obligé d'appeler les pompiers pour les évacuer mais depuis, plus rien ne fonctionne. Il sera réparé avant la fin de la semaine...

Je ne comprends rien à ses explications. J'ai juste envie de me retrouver dans ma chambre et de commencer enfin mon séjour.

— Est-ce que quelqu'un peut m'aider à porter ma valise s'il vous plaît ? Elle est très lourde.

— Oui bien sûr, je vais demander à mon réceptionniste de vous aider...

Je monte les quatre étages en suivant le réceptionniste qui n'arrête pas de se plaindre, de souffler, tout en traînant ma valise de mauvaise grâce, comme un ouvrier un sac de plâtre...

Autant dire que ma première expérience dans un hôtel parisien a bien failli m'en détourner à tout jamais... Et m'empêcher de découvrir le grand charme des hôtels français par rapport aux hôtels japonais : le lit double. C'est quelque chose qui n'existe presque pas au Japon. Et quand on vous propose un lit double, c'est pour faire dormir la mère avec les enfants, ou toute la famille dans le même lit, mais certainement pas pour les parents seulement... Les couples japonais n'ont pas l'habitude de dormir dans le même lit. Quand un couple d'amis japonais vient pour un week-end romantique à Paris et me demandent de leur réserver un hôtel, j'ai d'ailleurs pris l'habitude de leur dire : « Vous savez que les hôtels parisiens vous font dormir dans le même lit. Vous voulez un grand lit pour dormir ensemble ou deux petits lits séparés ? » Et ils me répondent systématiquement : « Deux petits lits séparés, c'est mieux. »

Un jour, nous avions réservé une chambre pour Charles-san et nos deux enfants dans un bel hôtel de Tokyo. J'avais demandé un grand lit et deux petits lits. Arrivés à la réception, le directeur de l'établissement qui m'avait reconnue dans une émission de télévision nous annonce qu'il nous a donné la meilleure chambre. Le garçon d'étage nous conduit donc dans la suite et là nous découvrons que le grand lit avait été remplacé par deux petits lits. Charles-san était outré. Voyant qu'il était prêt à faire un scandale, j'ai dû faire sortir le garçon d'étage pour lui expliquer : c'était pour nous faire plaisir. Pour qu'on puisse mieux dormir !

Le sexe

Quand j'ai annoncé à mes amies que je me mariais avec Charles-san, certaines m'ont mise en garde : « Fais attention, Eriko, les Français sont très radins avec beaucoup de maîtresses ! » Cette réputation m'a toujours amusée car s'il y a un pays où l'homme assouvit ses désirs en dehors de la maison, c'est bien le Japon ! Chez nous, les bars et les clubs à hôtesses – héritage de l'univers des geishas – ne sont pas réservés, comme à Paris, à quelques libertins. Il y en a partout et presque tous les hommes y vont car ce sont les seuls endroits où ils peuvent se laisser aller. Au Japon le nombre de couples « sans sexe » est très important et c'est souvent du fait de l'homme. N'ayant plus envie de faire l'amour avec son épouse ou n'y parvenant plus, il choisit donc d'autres divertissements : le fétichisme des lycéennes, les mangas et les jeux vidéo érotiques. De nombreuses femmes tentent de raviver la flamme mais ce n'est pas facile, car ce qu'aiment les Japonais ce sont des *lolicon*, diminutif de *lolita complex*, c'est-à-dire des jeunes filles qui portent des vêtements à la fois enfantins et osés (le plus souvent des uniformes de collégienne), assez mûres pour être perverses (*complex*) mais qui continuent à jouer les adolescentes (*lolita*). On en trouve partout : dans les jeux vidéo, les feuilletons télé, les mangas, sous forme de figurines ou en vrai avec le phénomène des idoles : des gamines de douze à seize ans qui chantent des chansons enfantines dans des tenues très sexy et dont le public est constitué en majorité d'hommes de plus de quarante ans... Ces *japonese lolitas* sont le fantasme absolu de beaucoup de Japonais qui ont développé un véritable commerce des vêtements et surtout des dessous de ces adolescentes : le *burusera*, littéralement « éclosion de l'uniforme ». Ainsi vous pouvez acheter des culottes ou des uniformes d'adolescentes, de préférence usagés et non lavés. Ils sont vendus dans des petits paquets soigneusement emballés où figure la photo de la collégienne ou de la lycéenne, et une petite biographie. On en trouve dans tous les sex-shops mais aussi, en cas d'urgence, dans des distributeurs automatiques. Tokyo en compte une centaine ! Vendus entre 30 et 90 euros l'unité, ces dessous permettent à de nombreuses adolescentes de se procurer de l'argent de poche facile, mais les autorités, évidemment, ont tenté de limiter ce commerce. Depuis 2004, il est interdit aux jeunes filles de moins de dix-huit ans de vendre leurs sous-vêtements. Mais les Japonais en sont tellement friands qu'ils n'hésitent pas à escalader les immeubles pour voler les petites culottes qui sèchent sur les balcons.

Même si en France le problème de l'usure de la vie sexuelle du couple se pose comme partout ailleurs, je n'ai pas encore vu d'amis de Charles-san jouer à Spiderman pour une petite culotte. Les maris français s'enferment moins dans le rôle du mari convenable, du père modèle, de l'employé irréprochable. Cela leur permet d'exprimer leurs désirs et leurs frustrations, et évite certaines perversions. Ainsi, à la Saint-Valentin ou à Noël, un Français offre de la lingerie à sa femme. Et pour une femme, je trouve quand même beaucoup plus agréable de voir que son mari achète des petites culottes pour les lui offrir plutôt qu'il les vole pour en faire collection !

Récemment, on m'a raconté une histoire qui me semble illustrer parfaitement le problème sexuel des Japonais. Pour tous mes compatriotes qui arrivent en France, les hommes comme les femmes, les bruyantes séances d'embrassades (« se faire la bise ») sont aussi choquantes que fascinantes. J'ai un ami Japonais, brillant chercheur en sciences sociales à l'EHESS, qui a vécu une « épreuve » très troublante... La première fois où une jeune Française lui a fait la bise, il m'a raconté que lorsqu'elle a posé ses lèvres sur sa joue, quand il a senti la douceur de sa peau, il a senti une pulsion sauvage. Dix ans après, il se demande encore comment il a fait pour ne pas succomber à cette pulsion... Comment expliquer aux Français pourquoi mon ami, qui n'est pas un psychopathe ou un fou, a ressenti cette pulsion ? Cela vient du fait que pour les Japonais, le contact des corps est déjà un début d'acte sexuel dans la mesure où on ne se touche jamais. Le rituel de politesse se fait d'ailleurs à distance. En famille comme entre amis on ne s'étreint pas pour montrer son affection. Du coup, les seuls contacts physiques sont involontaires. Ils ont souvent lieu dans les transports en commun et cela crée des réactions parfois violentes, difficiles à gérer. La direction du métro de Tokyo se demande d'ailleurs si le métro doit rester mixte...

Le couple

Une fois marié, un couple de Japonais n'est plus qu'un couple de parents. Ce qui importe entre un homme et une femme ce n'est donc pas tant de bien s'entendre mais d'être du même milieu social, de partager les mêmes valeurs, d'être d'accord sur l'éducation des enfants. C'est pour cela que beaucoup de mariages sont encore arrangés au Japon. Nous avons des entremetteuses – des « marieuses » comme vous dites – qui présentent les prétendants grâce à des fiches détaillant leur famille, leurs études, leurs hobbies, etc. Au début, cela choquait beaucoup Charles-san, surtout quand je lui ai appris qu'à moi aussi, vers l'âge de vingt ans, on m'a présenté plein de fiches ! « Celui-là est très bien, sa famille a une très bonne situation, il va être diplômé de la meilleure université du Japon, il est très gentil et il aime déjà beaucoup Eriko... », expliquait la marieuse à ma mère. Bien sûr, j'ai refusé toutes ces propositions, mais j'avais la chance d'être dans une famille qui acceptait de ne pas suivre cette tradition, alors même que les mariages de mes grands-parents et de mes parents avaient été arrangés. Pourtant ils se sont aimés et ont été très heureux ensemble. Quand Charles-san me dit que dans ce domaine les Japonais sont des arriérés, je lui réponds qu'à Tokyo il y a aussi beaucoup moins de célibataires qu'à Paris ! Mais je fais cela pour le taquiner car il sait que si je suis à Paris auprès de lui, c'est justement parce que j'ai voulu écouter mon cœur. En fait, je n'aime pas le rôle que la culture japonaise fait jouer aux femmes. Je n'ai pas d'amie française qui accepterait que son mari ne rentre pas dîner de toute la semaine et parte tous les week-ends jouer au golf avec ses copains ou le plus souvent avec son patron ou son client (qui devront bien sûr gagner...). Je n'ai pas d'amie française qui accepterait que son mari soit muté en province ou à l'étranger et qu'il ne lui propose pas de la suivre. Mais au Japon c'est normal, ordinaire, car la vie des couples est davantage un contrat qu'une histoire d'amour. Un contrat où chacun reste figé dans son rôle.

Récemment, j'ai vu dans une série télé japonaise une scène qui résume parfaitement le problème des relations hommes-femmes. On y voyait un homme d'une quarantaine d'années cherchant un cadeau pour l'anniversaire de sa femme. Il va dans tous les grands magasins de Tokyo et passe de rayon en rayon sans savoir quoi offrir à son épouse. Paniqué, il finit par s'en remettre à la vendeuse. Autrement dit, il ne connaît pas sa femme, ni ses désirs, ni ses attentes. Finalement, il rentre chez lui avec un parfum très cher et quand sa femme arrive, il lui dit bonjour et lui donne le cadeau d'un air détaché : « Ah, au fait j'ai ça pour toi... » La femme ouvre le cadeau et fond en larmes devant son époux qui regarde de l'autre côté, avec un peu de dédain, comme si cela ne le concernait pas. En voyant cette scène ridicule mais tellement vraie, je me suis dit combien j'avais de la chance d'avoir un mari français, qui me dit qu'il m'aime et me trouve belle tous les jours (ou presque) depuis dix ans. Car le couple japonais, c'est exactement ça. D'un côté, un homme soi-disant viril qui affecte d'être un dur, et de l'autre une femme japonaise qui continue de se comporter comme une adolescente, même à trente-cinq ans... Au fond, deux droites parallèles qui ne se rencontrent jamais. Une fois mariés, mari et femme sortent séparément. Enfin, en clair, le mari va boire dans des bars avec ses collègues en sortant du bureau tandis que les femmes restent à la maison... sauf à l'heure du déjeuner où elles aiment retrouver leurs amies au restaurant tandis que leurs maris, eux, se contentent d'un plat de nouilles à emporter qu'ils mangent à leur bureau. Rentrer dans un restaurant tokyoïte à midi pourrait laisser penser que les femmes japonaises sont très émancipées ! En fait, elles s'offrent ce plaisir car ce sont elles qui gèrent l'argent de la famille (le mari leur donne tout son salaire, et elles lui redonnent de l'argent pour sa semaine). Mais elles sortent très peu. Et quand elles sont invitées, on leur propose rarement de venir avec leur mari. Au Japon, les gens qui ne connaissent pas Charles-san m'invitent presque toujours à dîner seule. Jamais, ils ne me disent spontanément : « Venez dîner avec votre mari. » C'est à moi de leur demander : « Est-ce que cela vous dérange si mon mari m'accompagne ? » Alors qu'en France, c'est l'inverse. Quand des amis ou des collègues de Charles-san font un dîner, ils lui proposent toujours de venir avec moi. Cela ne se fait pas de ne pas inviter l'épouse ou la petite amie, car cela voudrait dire qu'ils considèrent Charles-san comme un célibataire et que je ne serais pas assez importante pour lui... Bref, en France un couple forme une unité. Pas au Japon.

Voilà pourquoi tant de femmes japonaises rêvent d'épouser un *gaijin* (un étranger), et notamment un Français – les plus romantiques des *gaijin* – car ici les rôles sont moins figés. L'année dernière, à Tokyo, je prenais le thé avec une amie d'enfance qui vit aux États-Unis, quand une jeune femme s'est approchée de notre table en s'excusant. Avant même qu'elle ait fini sa phrase, nous l'avions toutes les deux reconnue. C'était Yumiko, une de nos anciennes camarades de classe. Très vite, elle a demandé à mon amie où elle vivait. « Aux États-Unis. – Ah, c'est bien. Et toi Eriko, tu habites aussi à l'étranger n'est-ce pas ? – Oui, à Paris avec mon mari. – Wahou ! Tu habites à Paris ! Tu es mariée à un Français ! Quelle chance !! » La phrase de Yumiko est une phrase que j'entends depuis dix ans, chaque fois que je reviens à Tokyo. Et chaque fois je me dis que si je suis heureuse, ce n'est pas parce que je vis à Paris, mais parce que j'y vis avec Charles-san.

C'est aussi pour lui dire cela que j'ai voulu écrire ce livre...

Remerciements

Je tiens à remercier tout d'abord Joseph Beauregard, le plus japonais des Français, pour toutes les heures passées ensemble à discuter et à rire de nos anecdotes respectives sur le Japon et la France.

Merci aussi à Momoko, Emma-Keïko et Mika, dont les hallucinations de Japonaises à Paris m'ont permis de me sentir moins seule.

Merci à France Jaigu et Marjorie Philibert pour leur aide discrète mais précieuse.

Merci évidemment à Charles-san, pour sa présence, son aide et son humour tout au long de cette aventure singulière.

Merci enfin et plus que tout à Guillaume, mon éditeur et surtout mon ami, qui a été la cheville ouvrière de ce projet, celui sans qui mes « Nââândé !? » ne seraient jamais devenus un livre.

Table des matières

Prologue	11
Le dîner en ville	17
Le rendez-vous	23
Le métro	27
Les courses	31
Les grands magasins	35
Le mariage	41
Les policiers	45
La grève	49
Le restaurant	53
Le taxi	59
La télévision	63
Le week-end	67
Les enfants	71
Les boîtes de nuit	75
Le look	79
La voiture	83
Les trottoirs	87
Les toilettes	91
Le maquillage	97
Le réveillon	101
Le médecin	105
L'hôtel	111
Le sexe	117
Le couple	121
Remerciements	125

Composé par Nord Compo
à Villeneuve-d'Ascq (Nord)

Imprimé en Espagne par
Black Print CPi Iberica
à Barcelone
en février 2013

POCKET – 12, avenue d'Italie – 75627 Paris cedex 13

Dépôt légal : mars 2013
S23354/01